소중한 _____ 에게

_____ 가(이) 선물합니다.

_____

걸리버 여행기

조너선 스위프트 지음

1667년 아일랜드 더블린에서 태어난 작가이자 신부입니다. 「설교단 이야기」, 「책들의 전쟁」 등 종교와 학문에 관한 풍자집을 주로 썼는데, 「걸리버 여행기」 한 편으로 세계 최고의 작가 반열에 올라서셨습니다. 이로써 스위프트는 영어 풍자 문학의 대가로 자리매김하였습니다.

송년식 엮음

「자유문학」에 시가 당선되어 어린이들과 만나게 되었으며, 한국아동문학상을 받았습니다. 한국아동문학인협회 사무처장, 「솟대문학」, 「시와 동화」, 「그림처럼」, 「열린아동문학」 등의 편집위원을 지냈습니다. 지은 책으로는 시집 「위장에게」, 「물새와 산새」, 동시집 「분홍 양말 신은 작은 새」, 동화집 「달기목장의 닭」, 「별명」 등이 있고, 엮은 책으로는 「우리 아이 태교할 때 들려주는 동시」, 「우리말보다 쉬운 영어 구연 동화」 등이 있습니다. 지금은 동시, 동화, 그림책 등 여러 갈래의 글을 쓰고 있습니다.

2025년 03월 10일 2판10쇄 **펴냄**
2011년 08월 25일 2판 1쇄 **펴냄**
2004년 12월 01일 1판 1쇄 **펴냄**

펴낸곳 (주)효리원
펴낸이 윤종근
지은이 조너선 스위프트
엮은이 송년식 · **그린이** 박요한
등록 1990년 12월 20일 · **번호** 2-1108
우편 번호 03147
주소 서울시 종로구 삼일대로 457, 406호
전화 02)3675-5222 · **팩스** 02)765-5222

ISBN 978-89-281-0129-0 64840

이메일 hyoreewon@hyoreewon.com
홈페이지 www.hyoreewon.com

걸리버 여행기

조너선 스위프트 지음

송년식 엮음 · 박요한 그림

 효리원
hyoreewon.com

조너선 스위프트가 쓴『걸리버 여행기』는 사회의 불합리한 점을 풍자적으로 비판한 소설입니다. 그런데 이 책이 어린이를 위한 아동 문학으로 각색되어 널리 읽히게 된 것은, 현실에서는 있을 수 없는 공상적인 이야기가 설득력 있게 잘 전개되어 있기 때문입니다.

어린이나 청소년들은 재미있고 교훈적인 책만 읽어야 할까요? 그렇지 않다고 생각합니다. 사회의 모순을 풍자하거나 비판하는 내용이 들어 있는 책들도 함께 읽어야 세상을 바라보는 눈이 넓어집니다.『걸리버 여행기』가 바로 그런 책입니다.

방대한 원작을 여러분이 이해하기 쉽게 엮느라 몇 번을 읽고 또 읽었습니다. 이 책은 어떤 사건을 지나치리만큼 꼼꼼하게 묘사한 것이 특징이지만, 반면에 구성이 매끄럽지 않은 부분도 더러 있습니다. 그래서 어떻게 하면 함부로 원작을 재구성하지 않고 여러분이 잘 읽을 수 있도록 하느냐가 가장 큰 걸림돌이었지요.

중점을 둔 것은 내용이 너무 자세히 설명되어 있어서 중복된

느낌을 주거나, 이 얘기를 하다가 저 얘기를 하는 것 같은 부분을 고쳐 전체적으로 문장이 잘 흘러가게 하자는 것이었지요.

세계적인 인터넷 웹 사이트 '야후'는 조너선 스위프트가 『걸리버 여행기』에서 처음 쓴 말로, 사실상의 '인간'을 가리키는 야만적인 동물을 뜻합니다.

월터 스콧 경은 이 책을 읽고, "조너선 스위프트가 쓴 이 작품은 후세에 길이 남을 것이다. 이처럼 위대한 소설 한 권만으로도 그는 세계 최대의 작가라는 명성을 얻기에 충분하다."라고 말했습니다.

한 가지 부탁하고 싶은 것은, 이 다음에 어른이 되어 『걸리버 여행기』를 꼭 다시 읽어 보라는 것입니다. 이왕이면 원서나 완역본을 읽으면 더 좋겠지요. 틀림없이 지금과는 또 다른 감동을 받게 될 것입니다.

자, 그럼 걸리버와 함께 이상한 나라에 가서 새로운 경험과 새로운 생각을 발견해 보시기 바랍니다.

엮은이 송언식

| 차례 |

제1편

소인국

구사일생, 그러나 포로 신세가 되다

1699년 5월 4일. 브리스톨 항구를 떠난 배는, 처음에는 순조롭게 항해하고 있었다.

그러나 남대양에서 동인도로 가던 중 폭풍우를 만나 배는 서북쪽으로 떠밀려갔다. 이때 선원 열두 명이 목숨을 잃었다. 남은 선원들도 매우 건강이 좋지 않았다.

11월 15일, 이날은 안개가 잔뜩 끼어 앞이 보이지 않았다. 녹초가 된 선원들은 더 이상 노를 저을 힘이 없었다. 우리의 배는 거친 물결에 몸을 맡긴 채 어디론가 흘러가고 있었다.

그때였다. 갑자기 여기저기서 큰 소리가 들렸다. 100미터 앞에 큰 바위가 나타났던 것이다. 나는 선원 여섯 명과 간신히 보트로 옮겨 탔다. 그리고 5킬로미터 정도 노를 저었으나 더는 힘을 낼 수 없었다.

파도에 운명을 맡긴 지 30분쯤 지났을까. 북쪽에서 갑자기 돌풍이 불어 타고 있던 보트가 뒤집히고 말았다.

"아악!"

물에 빠진 나는 죽을힘을 다해 헤엄치기 시작했다. 제정신이 아니었다. 그러다가 문득 무엇인가 발에 닿는 것이 느껴졌다.

땅바닥이었다. 저승 문턱까지 갔다가 되살아난 기분이었다. 고개를 들어 바라보니, 멀리 낮은 산이 보였다. 해변까지는 평지나 다름이 없었다.

힘을 내어 발걸음을 옮겼다. 그러나 2.4킬로미터 정도를 걷는 동안 단 한 채의 집도 발견할 수 없었다. 지칠 대로 지친 나는 풀밭에 풀썩 쓰러지고 말았다. 평생 그렇게 깊이 잠들어 본 적은 없었을 것이다.

눈을 떴을 때는 해가 높이 떠올라 있었다. 주위에서 시끄러운 소리가 들렸다. 그런데 어찌 된 일인지 도무지 몸을 움직일 수가 없었다. 누군가가 팔과 다리를 묶어 놓았던 것이다.

그뿐 아니었다. 머리카락부터 발끝까지 가늘고 긴 줄이 칭칭 감겨 있었다.

거미줄에 걸린 곤충 꼴이 꼭 이랬을 것이다.

그런데 무엇인가 가슴 위로 살금살금 올라오는 것이

있었다. 이런! 키가 15센티미터도 안 되는 사람이었다.

손에 활과 화살을 들고, 등에는 화살 통을 메고 있었다.

그 뒤로 비슷한 크기의 사람 40여 명이 뒤따라오고 있었다.

너무 놀라 소리를 지르자, 이들은 허겁지겁 달아났다.

몇 명은 허리에서 뛰어내리다가 다치기도 했다.

내가 조용히 있자, 이들은 다시 올라왔다. 그들 중 한 사람이 얼굴 가까이 다가오더니 '헤키나 데굴!'이라고 소리쳤다.

그러자 나머지도 따라 외쳤다. 무슨 뜻인지, 어떻게 된 일인지 도무지 이해할 수가 없었다.

내가 일어나려고 몸부림을 치자 왼팔을 묶은 줄이 툭 끊어졌다. 땅에 박혀 있던 말뚝도 뽑혔다. 이제 됐다 싶었다. 그러나 그 순간, 머리카락이 심하게 잡아당겨지는 아픔을 느꼈다. 아차, 머리카락까지 매어 놓았다는 것을 잊고 있었던 것이다.

묶여 있는 줄을 조금씩 느슨하게 하기 위해서 팔을 움직여 보았다. 간신히 5센티미터쯤 고개를 돌릴 수 있을 때였다.

작은 사람 중 한 명이 '톨고 포낙!' 하고 크게 소리질렀다. 그러자 바늘처럼 가느다란 화살이 순식간에 내 왼손에 쏟아졌다. 꽤 따끔거렸다.

그가 또 한 번 소리쳤다. 이번에는 화살이 소나기처럼 몸 위로 쏟아졌다. 나는 눈에 박힐까 봐 얼른 얼굴을 가렸다.

몇 명은 창을 들고 허리를 찌르기도 했다.

그러나 가죽 조끼를 입고 있어서 크게 다치지는 않았다.

사실, 이 정도 크기의 사람이라면 한꺼번에 군대를 몰고 와도 겁날 것이 없었다. 더욱이 나는 한 손은 쓸 수 있었다.

묶인 줄을 푸는 거야 어렵지 않을 듯했다.

그러나 해칠 뜻이 없는 것 같은데, 그러고 싶지 않았다.

밤이 될 때까지 기다려 보기로 했다.

이들도 예상대로 더 이상 활을 쏘지 않았다. 그러나 주위가 점점 소란스러워졌다. 인원이 그만큼 늘어나고 있다는 증거였다. 오른쪽 귀에서 4미터쯤 떨어진 곳에서는 작업하는 소리가 끊이지 않았다. 돌아보니 높이 50센티미터쯤 되는 연단과 사다리 두세 개가 세워져 있었다.

신분이 높은 듯한 사람이 '랑그로 데훌 산!' 하고 소리쳤다.

그러자 50여 명이 다가와 내 머리 왼쪽에 묶인 밧줄을 잘랐다. 덕분에 고개를 오른쪽으로 돌릴 수 있었다.

신분이 높은 듯한 그가 연단에 올라와 내게 뭐라고 말했다.

겁을 주는 것 같기도 하고, 위로하는 것 같기도 했다.

무슨 말인지 알아듣지 못했지만, 나는 고개를 끄덕였다.

'당신의 명령에 따르겠다'는 뜻이었다.

그도 알아듣는 듯했다. 나는 배가 몹시 고팠다.

침몰하기 몇 시간 전에 먹은 것 외에는, 그때까지 음식이라고는 구경도 하지 못했다.

손가락을 입에 갖다 대며 먹을 것을 달라고 표시했다.

그러자 그가 연단에서 내려와 부하들에게 뭐라고 지시했다.

곧 내 허리 부근에 사다리가 놓이고, 사람들이 바구니를 날랐다. 바구니 안에는 콩알만 한 빵과 고기가 가득 들어 있었다.

음식들은 모두 양념이 잘되어 있었다.

나는 순식간에 내 앞에 놓인 것들을 모조리 먹어치웠다.

이번에는 물을 마시고 싶다는 손짓을 하자, 커다란 술통을 끌어올려 얼굴 쪽으로 굴렸다. 나는 그것도 단숨에 두 통을 들이마셨다. 그들은 크게 놀라는 표정이었다.

그러나 잘 먹는 것이 기뻤는지 곧 내 가슴 위로 올라와 춤을 추었다. 잠시 후에는 얼굴과 손에 박힌 화살들을 뽑아 내고 향기로운 약도 발라 주었다.

아픈 곳이 거짓말처럼 나았다. 훌륭한 약이었다.

맛있는 음식을 먹고, 통증도 사라지자 이내 졸음이 밀려왔다.

나중에 안 일이지만, 이후 나는 여덟 시간이나 잠들어 있었다.

그들이 음식에 수면제를 섞었던 것이다.

이것은 처음부터 계획된 일이었다. 내가 풀밭에 쓰러져 잠들어 있는 것을 맨 먼저 발견한 누군가가 소식을 알렸고, 보고를 받은 왕은 급히 회의를 소집했다. 그 결과, 왕은 나에게 먹을 것을 충분히 주어 안심시키도록 했다.

그런 다음 음식에 수면제를 넣어 잠재우도록 했던 것이다.

대담하고도 현명한 일처리였다. 만일 내가 잠든 틈을 이용해 창이나 화살을 써서 죽이려 했다면, 상처 때문에 깨어났을 것이다. 또 화가 나서 묶어 둔 밧줄을 끊어 버렸을지도 모른다. 그렇게 되면 큰 소동이 일어나고, 소인국 사람들과 시설물도 적지 않게 피해를 입었을 것이다.

왕은 매우 지혜로운 사람이었다.

소인국은 수학이 매우 발달해 있었다. 내가 잠들어 있는 동안, 왕은 500여 명의 목수와 기술자들에게 큰 수레를 만들도록 했다. 길이 210센티미터, 너비 130센티미터의 몸체에 바퀴가 스물두 개 달린 것이었다. 다만, 나를 수레에 올려놓는 일이 문제였다. 이들은 한참을 고민하는 듯했다.

결국 이들은 높이가 30센티미터 되는 기둥을 80개나 세웠다. 거기에 내 몸뚱이를 묶고, 기둥 끝에는 갈고리를 달았다. 그런 다음 도르래로 잡아당기기 위해 튼튼한 끈으로 연결시켰다.

나를 끌어올리기 위해 세 시간 동안 힘센 장정 900명이 달려들었다. 또 수도로 옮기는 데 1,500마리의 말이 동원되었다. 물론, 이 일이 진행되는 내내 나는 수면제 때문에 죽은 듯이 잠들어 있었다.

잠을 깬 것은 어이없는 일 때문이었다. 수도를 향해 출발한 지 네 시간이 지났을 때였다. 수레가 고장나 고치게 되었는데, 그때 내 얼굴을 보고 싶었던 두세 명의 호위병이 용감하게 내 몸 위로 올라왔다.

그들 중 한 명이 창으로 내 콧구멍을 찌르는 바람에 잠을 깼고, 나는 간지러워 심하게 재채기를 했다.

이들은 깜짝 놀라 허겁지겁 도망쳤다.

밤이 되자, 500명의 군사가 양쪽에서 수레를 지켰다.

반은 횃불을 밝히고, 반은 활을 겨누고 있었다.

조금만 움직이면 즉시 쏘기 위해서였다.

다음 날 아침, 해가 뜨자마자 행진을 계속하여 정오가 다 되어 성문에서 200미터쯤 떨어진 곳에 도착했다.

그곳에는 크고 오래 된 건물이 있었다.

원래는 사원이었는데, 몇 해 전 거기에서 살인 사건이 일어나 지금은 공회당으로 쓰고 있는 건물이라는 것을 나중에 알았다. 나는 이 건물에서 지내게 되었다.

북쪽으로 난 문은 높이가 120센티미터에 너비는 60센티미터 가량 되었다. 포로 신세인 나는 어쩔 수 없이 구부정한 자세로 들어가야 했다.

문 양쪽에는 15센티미터 높이의 작은 창문이 달려 있었다.

그 창을 통해 집어넣은 91개의 쇠사슬에 내 왼발이 묶였고, 자물쇠도 36개나 채워졌다.

사원 맞은편에는 150센티미터 높이의 탑이 있었다.

신하들을 거느리고 탑 위로 올라간 왕이 나를 바라보았다. 게다가 소문을 들은 10만여 명의 시민들까지 한꺼번에 몰려와 거리는 그야말로 야단법석이었다. 사다리를 타고 내 몸 위로 올라와 구경하는 사람도 1만여 명이나 되었다.

이렇게 되자, 무질서하다고 생각했는지 왕은 시민들이 내게 다가오지 못하도록 명령했다. 어기면 사형을 시키겠다고 엄포를 놓기까지 했다. 왕은 왼발을 묶은 쇠사슬은 그냥 두고 나머지 부위의 밧줄은 풀어 주도록 지시했다.

소지품 검사

소인국의 수도는 아름다웠다. 나라 전체가 커다란 정원 같았다. 가장 큰 나무의 높이는 2미터 정도 되어 보였다.

어느새 왕이 탑에서 내려와 말을 타고 내게로 다가오고 있었다. 말은 나를 보자 놀라서 '히이잉' 소리를 내며 앞발을 쳐들었다. 그러나 왕은 고삐를 잡아채며 말을 바로 세우고, 능숙한 솜씨로 안장에서 내렸다.

그는 신하들보다 손톱 크기 정도 키가 더 컸다. 뾰족한 코, 약간 검은 피부의 건강한 모습이었다. 옷은 유럽과 아시아를 적당히 섞어 놓은 차림이었다. 투구는 보석과 황금으로 장식되어 있었고, 꼭대기에 깃털이 달려 있었다.

손에 든 칼은 8센티미터쯤 되어 보였다.

금으로 만든 칼집에는 다이아몬드가 박혀 있었다.

왕은 주위를 돌며 나를 신기한 듯 바라보았다. 그러는 동안에 음식이 나왔다. 스무 대의 수레에는 고기가, 열 대의 수레에는 마실 것이 실려 있었다. 왕이 명령한 모양이었다. 나는 순식간에 음식을 먹어치웠다.

왕이 말을 걸었으나 전혀 알아들을 수가 없었다. 내가 영어를 비롯해 네덜란드, 프랑스, 스페인, 이탈리아 언어 등을 사용해 보았지만 그도 역시 알아듣지 못했다. 결국, 왕은 신하들과 함께 궁궐로 돌아갔다.

왕이 돌아갔어도 구경꾼은 여전했다. 보초들이 막아도 막무가내로 나를 보려고 서로 밀쳤다. 그런데 이들 중 몇몇이 장난삼아 활을 쏘는 바람에 하마터면 눈을 다칠 뻔했다. 지휘관이 즉시 범인을 잡아오도록 명령했다.

여섯 명이 끌려왔다. 지휘관은 범인들을 내 손이 닿는 곳까지 보냈다. 직접 처벌하라는 뜻이 분명했다. 나는 여섯 중 다섯 명을 주머니에 넣었다. 나머지 한 사람에게는 입을 크게 벌려 통째로 삼키겠다는 시늉을 했다. 주머니에서 칼도 꺼내 들었다. 범인은 겁에 질려 크게 비명을 질렀다.

구경꾼들도 매우 놀라는 표정이었다. 나는 빙긋 웃으며 묶여 있는 오랏줄을 끊었다. 나머지 사람들도 호주머니에서 꺼내 풀어 주었다. 이 소식을 들은 왕은 매우 기뻐했다.

그런데 왕에게는 고민이 있었다. 나(이들은 나를 '산 같은 사람'이라고 불렀다.)를 어떻게 처리할 것인가에 대해 신하들의 의견이 달랐기 때문이다.

"산 같은 사람이 쇠사슬을 끊고 난폭하게 굴면, 나라가 전멸할지도 모르오. 그렇다고 살려 두자니 엄청난 양의 음식을 국민들이 감당하기 어려울 것이오. 어찌하면 좋겠소?"

"화살에 독을 묻혀 빨리 쏘아 죽여야 합니다."

"안 됩니다. 그렇게 하면 시체에서 생긴 병균이 전염병을 일으킬 수도 있습니다."

"못된 장난을 친 사람들을 풀어 준 걸 보면, 산 같은 사람이 마음씨는 착한 듯합니다. 더 지켜본 후에 결정하는 것이 좋다고 생각합니다."

왕은 마지막 의견을 낸 신하의 말대로 일단 나를 살려 두기로 했다. 그러면서 600명에게 시중을 들도록 했다. 또 300명의 재단사에게 옷을 만들도록 하고, 6명의 학자에게 언어를 가르치게 했다. 왕궁의 모든 말들은, 나를 보더라도 놀라지 않게 내 앞에

서 훈련을 시키도록 했다.

3주일이 지나자, 나는 이 소인국, 즉 '릴리퍼트' 언어를 어느 정도 익히게 되었다. 그 덕분에 왕에게 호소를 할 수 있었다.

"폐하! 저를 자유롭게 해 주실 수 없는지요?"

"그건 대신들과 의논해서 결정할 일이니 시간을 주시오. 우리

는 그대를 친절하게 대할 것이오. 그대도 평화를 맹세해 주기 바라오. 다만, 무기를 가지고 있을지 몰라 몸을 뒤질 것이니 협조해 주시오. 물건은 떠날 때 반드시 돌려주겠소."

나는 왕의 말대로 쉽게 조사할 수 있도록 검사관을 손가락으로 집어서 주머니 속에 들어가게 했다. 검사관들은 조사한 내용을 꼼꼼히 기록했다. 보고한 내용은 이랬다.

산 같은 사람의 외투 오른쪽 주머니에는 궁전을 덮을 수 있는 천이 있었습니다. 왼쪽 주머니에는 은으로 만든 큰 통이 들어 있는데 뚜껑을 열 수 없어서 그에게 부탁했습니다.

그 안에는 먼지 같은 것이 무릎까지 차 있었습니다. 걸을 때마다 먼지가 피어올라 기침을 해야 했습니다.

조끼 오른쪽 주머니에서는 겹겹이 희고 얇은 물건이 튼튼한 끈으로 묶여 있었습니다. 크기는 세 사람을 합친 정도였으며, 기록되어 있는 글씨는 손바닥만 했습니다.

왼쪽 주머니에는 한쪽에 끝이 뾰족한 막대기가 스무 개 꽂혀 있었습니다. 마치 궁전 앞의 철기둥 같았습니다. 그것으로 머리를 빗는 것이 아닌가 생각됩니다.

외투 오른쪽 주머니에는 커다란 나무 조각에 쇠기둥이 붙어 있는 이상한 물건이 들어 있었습니다. 쇠기둥의 속은 텅 비어 있고, 기둥 바깥쪽 끝에는 커다란 쇳조각이 솟아 있었습니다. 왼쪽 주머니에도 같은 물건이 들어 있었습니다. 오른쪽 작은 주머니에는 둥글고 평평한 쇳조각이 있었는데 크기가 각각 달랐습니다. 하얗게 보이는 것은 은 같고, 노랗게 보이는 것은 구리 같았습니다. 그런데 너무 무거워서 들 수가 없었습니다.

왼쪽 작은 주머니에는 두 개의 기둥이 있었습니다.

하나는 덮개가 씌워져 있고 조각이 되어 있었습니다.

다른 하나에는 커다란 철판이 들어 있는데, 위험한 물건일지 몰라 산 같은 사람에게 보여 달라고 했습니다.

그는 그 철판들을 꺼내면서 하나로는 면도를 하고, 다른 하나로는 고기를 자른다고 했습니다.

다른 두 개의 주머니는 눌려 있어서 들어가 보지 못했습니다. 다만, 한쪽 주머니에 밖으로 커다란 은사슬이 매달려 있어서 산 같은 사람에게 꺼내 보라고 했습니다. 은으로 장식된 그것은 납작한 원형이었습니다. 우리는 손을 대 보고서야 그것이 투명한 물체로 가로막혀 있다는 것을 알았습니다. 물체 안에는 쇠기둥이 쉴 새 없이 움직이고 있고, 그것은 물레방아 도는 소리를 냈습니다. 아마도 잘 알려지지 않은 동물이거나 산 같은 사람이

숭배하는 신이 아닐까 생각됩니다.

다른 주머니에서 산 같은 사람이 꺼낸 것은 여닫을 수 있는 커다란 지갑이었습니다. 그 속에는 굉장히 큰 노란 금속이 들어 있는데, 금이라면 대단한 가치가 있을 것입니다.

거대한 동물의 가죽으로 만든 허리띠 왼쪽에는 다섯 사람 크기만한 칼이 걸려 있었습니다. 오른쪽에는 두 개로 구분된 가방이 있는데, 각각 세 사람 정도 들어갈 수 있는 크기였습니다. 한 곳에는 공처럼 생긴 금속 구슬이 들어 있고, 다른 곳에는 검은 알이 잔뜩 들어 있었습니다. 검은 알은 크거나 무겁지 않아 우리 손바닥 위에 한꺼번에 50개 이상 올려놓을 수 있었습니다.

보고서를 읽은 왕은 나에게 물건을 보여 달라고 요구했다. 그러면서 3,000명의 군사들에게 활을 겨누게 했다. 혹시 무슨 일이라도 저지를까 봐 그랬을 것이다.

나는 우선 칼을 뽑아 들었다. 바닷물에 빠져 조금 녹이 슬기는 했지만, 햇빛에 반사되어 번쩍 하고 빛났다.

순간, 군사들은 두려움과 놀라움으로 소리를 질렀다.

왕은 칼을 칼집에 넣고 180센티미터쯤 떨어진 곳에 가만히 내려놓으라고 명령했다.

다음은 권총이었다. 사용법을 설명했더니 왕이 쏘아 보라고 했다. 화약과 총알을 잰 후 미리 안심시키기는 했지만, 총소리를 들은 소인국 사람 수백명은 까무러치고 말았다.

왕도 한참 정신이 나간 듯했다.

나는 권총을 내려놓으며, 가방에 화약이 들어 있으니 불을 가까이하면 안 된다고 말했다. 아무리 작은 불씨라도 닿기만 하면 궁전을 날려 버릴 것이라고 경고도 했다.

이번에는 시계에 대해 설명하자, 왕은 매우 놀라워했다. 계속해서 손수건, 담뱃갑, 일기장, 빗, 동전, 주머니칼과 면도칼, 금을 넣은 지갑 등에 대해 이야기했다.

하지만 숨기고 내놓지 않은 것도 있었다.

안경과 망원경, 그리고 몇 가지 잡다한 물건들이었다. 소인국에서는 전혀 쓸모가 없을 텐데 괜히 꺼내 놓았다가 잘못해서 깨지거나 망가지기라도 할까 봐 그랬다.

자유의 조건

나는 어느새 릴리퍼트 왕국에서 좋은 사람으로 알려져 있었다. 다리에 묶인 쇠사슬에서 풀려나고 싶어 착하게 행동한 덕분이기도 했다. 손바닥에 대여섯 명씩 올려놓고 춤을 추게 하는가 하면, 어린이들은 머리카락 속에서 숨바꼭질을 하게도 했다.

이러는 동안 나는 릴리퍼트 왕국의 언어도 많이 익혔다. 말들도 더 이상 나를 무서워하지 않았다. 어떤 군인은 내가 땅바닥에 손을 뻗으면 말을 타고 달려와 훌쩍 뛰어넘기도 했다.

어느 날 왕은 줄타기 구경을 시켜 주었다. 30센티미터 높이에서 가는 줄을 타며 춤을 추는 것이었다. 잘하면 벼슬이 높아지므로, 너도나도 열심히 연습하는 모양이었다.

나도 왕을 즐겁게 해 주고 싶었다. 막대기를 사방에 단단히 박고, 손수건을 펼쳐 북의 가죽처럼 팽팽하게 맸다. 그렇게 하니까 손수건은 넓은 운동장이 되었다.

손가락으로 군사들을 집어 그 위에 올려 주자, 군사들은 지휘관의 명령에 따라 말을 타고 달렸다. 그러면서 활을 쏘기도 하고, 칼싸움도 했다. 훌륭한 훈련이었다.

왕도 크게 만족스러워했다.

궁중에서 이런 놀이로 사람들을 즐겁게 해 주고 있을 때였다. 신하 한 사람이 급히 달려와 보고했다.

"처음 이 '산 같은 사람'을 잡았던 바닷가에서 뭔가 크고 검은 물건을 발견했습니다. 가운데가 높이 솟아 있고, 가장자리가 둥글게 펼쳐진 이상한 것입니다. 올라가 발을 굴러 보니 속이 비어 있는 것 같았습니다."

나는 속으로 웃었다. 그것은 모자였다. 그러나 군사들이 끌고 온 모자는 온통 흙투성이였다. 800미터를 끌고 왔으니 그럴 수밖에 없었을 것이다. 게다가 모자 끝부분에는 온통 구멍이 뚫려 있었다. 말에 연결된 밧줄을 모자에 잇기 위해 갈고리를 걸 구멍이 필요했던 것이다.

이 일이 있은 이틀 뒤였다. 왕은 나에게 다리를 벌린 채 서 있어 달라고 부탁했다. 그 밑으로 군사들이 행진하도록 하기 위해서였다. 보병 3,000명이 24열 횡대로 앞서고, 기병 1,000명이 16열 횡대로 뒤따르는 훈련이었다.

창을 앞으로 겨눈 채 북을 치고 깃발을 펄럭이며 나아가는 모습은 정말 인상 깊었다.

이런 일을 겪는 동안에도 나는 계속해서 왕에게 쇠사슬을 풀어 달라고 사정했다. 왕은 이 문제를 결정하기 위해 회의를 열었다. 그 결과, 해군 사령관을 빼고는 모두 찬성했다.

해군 사령관도 다수의 의견을 따를 수밖에 없었으나, 그는 내가 자유를 얻기 위해 지켜야 할 여러 가지 까다로운 조건을 붙였다. 간추리면 다음과 같다.

1. 왕의 허락 없이 릴리퍼트 왕국의 영토 밖으로 나갈 수 없고, 도성 안으로 들어올 수도 없다. 만일 도성에 들어올 때에는 국민들이 밖에 나오지 못하도록 두 시간 전에 명령을 내릴 것이다.

2. 도로만 이용해야 하고, 목장이나 밭에 들어가서는 안 된다. 또 사람과 말 등의 가축을 밟지 않도록 조심해야 하며, 국민들을 함부로 집어 올려서는 안 된다.

3. 왕이 급한 심부름꾼을 보낼 때에는, 심부름꾼과 말을 주머니에 넣고

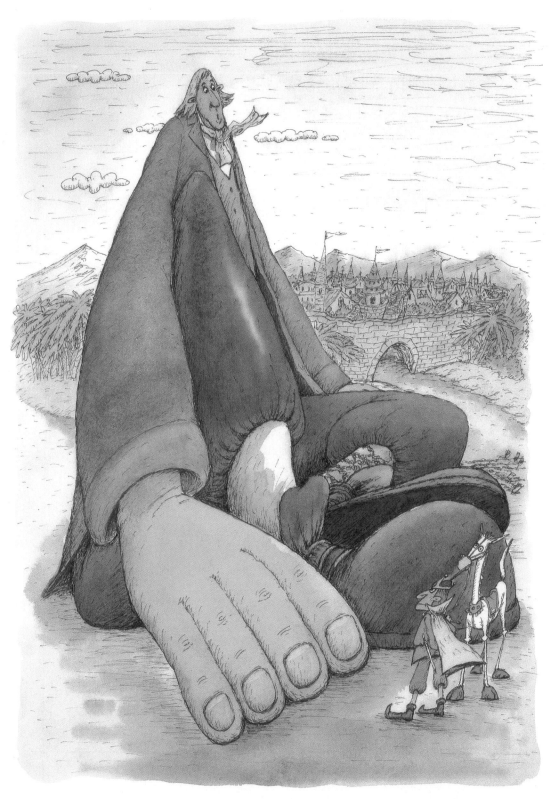

목적지까지 달려가 주어야 한다. 필요한 경우에는 그 심부름꾼이 안전하게 궁궐에 돌아오도록 도와주어야 한다.

4. 적군과 전쟁을 하게 될 때는 릴리퍼트 왕국의 동지가 되어 싸워야 한다.

5. 공장이나 궁전의 공사가 있을 때에는 커다란 돌을 들어 옮겨 주어야 한다.

6. 릴리퍼트 왕국의 바닷가를 한 바퀴 돌면서 걸음을 헤아리고 정확하게 재서 보고해야 한다.

위와 같은 약속을 지킨다면, 매일 우리 백성 1,724명 몫의 음식을 주는 등 여러 가지 혜택을 주겠다.

몸이 자유로워진 나는 먼저 수도 '밀렌도'를 구경했다. 밀렌도를 둘러싼 성벽은 높이가 75센티미터, 폭이 28센티미터 정도였다. 성벽에는 3센티미터 간격으로 튼튼한 탑이 세워져 있었다.

나는 조심스럽게 서쪽 성문을 넘어 밀렌도로 들어갔다. 옷자락에 지붕이나 처마가 걸릴까 봐 외투는 벗고 조끼만 입었다. 또, 길에 나와 있는 사람을 밟지 않도록 잘 살피며 걸었다. 집집마다 지붕 위와 다락방 창문에는 나를 보려는 사람들로 야단법석이었는데, 이들의 집들은 대개 3~5층이었고, 상점과 시장도 여러 개 있었다.

도시는 잘 정비되어 있었다. 크게 네 지역으로 나누는 교차로
는 폭이 150센티미터 정도였다. 그 도로를 중심으로 30~45센
티미터 정도의 길들이 바둑판처럼 반듯반듯하게 나 있었다.

이 도시에는 인구 50만 명이 살 수 있다고 했다.

궁전은 두 개의 큰길이 만나는 한복판에 있었다.

건물에서 6미터 떨어진 곳에 60센티미터 높이의 담이 궁궐을
에워싸고 있었다. 왕이 사는 궁전은 장난감처럼 작았지만 화려
하고 아름다웠다. 왕비와 왕자들은 시종을 거느리고 여러 개의
방에서 생활하고 있었다. 나를 본 왕비는 얼굴 가득 웃음을 머
금고 손을 내밀었다. 나도 답례했다.

이렇듯 릴리퍼트 왕국은 겉보기에는 평화로워 보였지만 속은
그렇지 않았다.

내가 자유로운 몸이 된 지 두 주일이 지난 어느 날 아침이었
다. 비서실장이 수행원을 데리고 내 앞에 나타났다. 왕을 대신
하여 도움을 청하러 온 것이었다.

"우리 릴리퍼트 왕국의 폐하께서는 크게 두 가지 문제 때문에
걱정이 많으십니다."

나는 궁금하여 물었다.

"어떤 문제입니까?"

"하나는 당파 싸움이 심하다는 것이고, 다른 하나는 '블레퍼스크' 왕국의 침략 위협 때문입니다."

비서실장이 말한 당파 싸움의 이유라는 것은 참으로 우스운 것이었다.

"구두 굽의 높이를 두고 슬라메크산과 트라메크산이라는 두 당이 70개월째 싸우고 있습니다. 그 전까지는 안 그랬는데, 현재의 왕이 왕위에 오르면서 달라졌습니다. 왕은 낮은 구두 굽을 애용하는 슬라메크산 파만 관리로 채용했던 것입니다. 그러나 트라메크산 파의 세력이 커 무시할 수 없습니다. 심지어 왕자의 구두는 굽 높이가 서로 다릅니다. 그래서 걸을 때마다 계속 절름거리지요."

블레퍼스크 왕국과 싸우는 것은 달걀을 먹는 방법 때문이었다. 그 배경은 이랬다.

'릴리퍼트에서는 옛날부터 달걀을 먹을 때 넓은 쪽을 깨서 먹었다. 그런데 지금 왕의 할아버지가 어릴 때 그 방법으로 달걀을 깨다가 손가락을 다쳤다. 그 뒤로 왕은 갸름한 쪽을 깨도록 하고, 이를 어기면 사형에 처했다.

그러나 국민들은 새로운 법에 대해 불만을 품고 여섯 차례나 반란을 일으켰다. 차라리 죽는 게 낫다는 사람들도 있었다. 달걀의 갸름한 쪽을 깨뜨리는 데 굴복하지 않고 사형을 받은 사람은 1만 명이 훨씬 넘었다. 반란을 부추긴 것은 블레퍼스크였다. 그 바람에 왕이었던 한 사람은 목숨까지 잃고, 또 한 사람은 왕관을 잃었다.

두 나라는 36개월 동안 전쟁을 벌여 서로 큰 피해를 입었다.

블레퍼스크가 더 큰 손해를 보았지만, 릴리퍼트도 만만치 않았다. 40척의 대형 군함과 수많은 소형 함정, 그리고 3만 명의 군사를 잃었다. 그런데 최근 당파 싸움이 심해지자 블레퍼스크가 이 틈을 타 다시 침략을 노리고 있다.'

비서실장은 한숨을 내쉬며 내게 도움을 청했다.

참으로 어처구니가 없었다.

나는 비서실장에게 이렇게 말했다.

"궁전으로 돌아가 폐하께 전해 주시오. 나는 다른 나라에서 온 사람이므로 국내의 당파 싸움에는 끼어들 수 없습니다. 그러나 생명의 위험을 무릅쓰고라도 외부의 침략을 방어 해 줄 준비가 되어 있습니다. 그동안 나를 보살펴 준 것에 대한 보답입니다."

영웅이 되다

블레퍼스크는 릴리퍼트의 북동쪽에 있는 섬나라였다.

두 나라는 720미터 정도 되는 해협을 사이에 두고 있었다. 다행인 것은 블레퍼스크가 나에 대해 모르고 있다는 사실이었다.

두 나라 사이의 바다는, 밀물 때 가장 깊은 부분이 1.8미터, 보통 때는 1.3미터였다. 이 정도면 썰물 때를 기다려 걸어서 건널 수도 있었다. 망원경으로 보니 군함은 약 50척 가량 되어 보였다. 나는 50개의 갈고리와 50개의 밧줄을 준비한 뒤, 왕에게 한꺼번에 적의 군함 50척을 끌고 오겠다고 장담했다. 왕은 그렇게만 해 준다면 은혜를 잊지 않겠다고 말했다.

나는 신발을 벗고 서둘러 바다로 들어갔다. 밀물 때가 되면 헤엄을 쳐야 하므로 그만큼 어려워지기 때문이었다.

블레퍼스크 해안에 도착한 것은 출발한 지 30분이 채 안 되어서였다. 나를 본 블레퍼스크 군사들은 공포에 질려 배에서 뛰어내리는 등 도망치기에 바빴다.

그러나 그들도 가만히만 있지는 않았다. 곧 여기저기서 군사들이 몰려왔다. 그 수가 3만여 명은 되어 보였다.

이들은 나에게 수없이 화살을 퍼부어 댔다. 하지만 그 정도야 이미 릴리퍼트에서 경험했던 일이라 문제되지 않았다. 미리 안경을 준비해 갔기 때문이다.

흠집이 생기기는 했지만, 안경은 눈을 보호하기에 안성맞춤이었다. 다른 부위에 맞는 화살은 조금 따끔할 뿐 참을 만했다.

그러나 블레퍼스크의 군함 50척을 끌고 오는 일은 생각처럼 쉽지 않았다. 닻을 단단하게 고정시켜 놓았기 때문이다.

칼을 꺼내 하나씩 다 끊은 후 밧줄을 모아 잡아당기자 그때서야 군함이 서서히 끌려왔다. 그러는 동안 나는 200여 발의 화살을 맞아야 했다.

블레퍼스크 군사들은 발을 동동 구르며 비명을 질렀다.

내가 돌아오자 왕과 신하, 그리고 국민들은 항구가 떠나가도록 큰 소리로 만세를 외쳤다.

왕은 내게 감사의 뜻으로 그 자리에서 '나르다크'라는 최고의 귀족 칭호를 내렸다.

그런데 참으로 권력자의 야망이란 끝이 없는가 보다.

왕은 내게 블레퍼스크에 남아 있는 나머지 배들도 끌어와 달라고 부탁했다. 그 나라를 통째로 차지하고 싶었던 것이다.

그러나 내 생각은 많이 달랐다. 왕은 달걀의 넓은 쪽을 깨 먹어야 한다고 주장하다가 블레퍼스크로 도망간 사람들을 잡아서 죽일지 모른다. 또, 블레퍼스크에도 갸름한 쪽을 깨 먹도록 강요할지 모른다.

나는 그런 왕의 야심까지 만족시켜 주고 싶지는 않았다.

그저 두 나라가 평화롭게 지낼 수 있기를 바라는 뜻에서 잠시 수고했던 것뿐이다.

그래서 싸울 힘이 없는 나라를 치는 것은 대국이 할 일이 아니라고 왕에게 말했다. 비록 적이지만 그들은 용감하게 싸웠고, 그런 사람들을 노예로 삼는 것은 옳지 않다고도 덧붙였다. 왕은 몹시 기분이 상한 표정이었다.

그러나 더 이상 다른 말은 하지 않았다.

군함을 빼앗아 온 지 3주일쯤 지난 뒤였다. 블레퍼스크 왕이 릴리퍼트에 사신을 보냈다. 여섯 명의 대사가 500명의 수행원을 데리고 나타났다. 어마어마한 규모였다.

고개가 **뻣뻣**해진 릴리퍼트 왕은 거들먹거리며 이들에게 무리한 요구를 했다.

그러나 전쟁에 진 나라의 사신들은 고개를 숙일 수밖에 없었다. 만일 내가 도움을 주지 않았다면 그들은 훨씬 불리한 조약을 맺었을 것이다. 그런 내가 고마웠는지, 블레퍼스크의 사신들은 자기 나라를 한번 방문해 달라고 요청했다.

나 역시 블레퍼스크에 가 보고 싶어 그렇게 하겠다고 대답했다. 그러나 블레퍼스크의 사신들을 만난 것에 대해 릴리퍼트의 왕과 대신들은 크게 못마땅해했다.

어느 날이었다. 왁자한 소리가 들렸다. 궁중에 불이 났다는 소식이었다. 나는 벌떡 일어나 밖으로 나갔다. 왕비의 침실에서 커다랗게 불꽃이 솟아오르고 있었다. 많은 사람들이 사닥다리를 타고 올라가 창문에 물을 뿌리는 모습이 보였다. 그러나 물은 멀리 떨어진 곳에 있었고, 물통도 골무만 한 것이었다. 그런 정도로는 어림없었다.

나는 문득 좋은 생각이 났다.

사실, 나는 화재가 일어나기 하루 전 '글리미그림'이라는 포도주를 많이 마셨다. 글리미그림은 마시면 오줌이 많이 나오는 술

이었다. 그 술을 마시고 이내 잠이 들어 깰 때까지 한 번도 오줌을 누지 않았는데, 그 생각이 났던 것이다. 나는 훨훨 타오르는 왕비의 침실에 대고 시원하게 오줌을 갈겼다. 불은 3분 만에 완전히 꺼졌다. 사람들은 놀란 입을 다물지 못했다.

한편, 릴리퍼트 사람들의 특징을 말하면, 이들은 글씨를 쓸 때 유럽 사람들처럼 왼쪽에서 오른쪽으로 쓰지 않는다.

아라비아 사람들처럼 오른쪽에서 왼쪽으로 쓰지도 않는다.

그렇다고 중국 사람들처럼 위에서 아래로 쓰지도 않는다.

이들은 영국의 귀부인들처럼 종이의 한쪽 모서리에서 다른 쪽 모서리로 비스듬히 써내려 간다.

릴리퍼트에서는 사람이 죽으면 머리를 아래쪽으로 가게 거꾸로 묻는다. 그 이유는 11,000개월이 지나면 죽은 사람이 다시 살아난다고 믿기 때문이다. 그때가 되면 지구가(이 나라 학자들은 지구가 평평한 것으로 알고 있다.) 거꾸로 뒤집히므로 죽은 사람이 살아날 때는 똑바로 서 있게 된다는 것이다. 제법 그럴 듯한 이유였다.

이 나라에서는 죄가 없는데도 거짓 고자질한 것이 밝혀지면, 고자질한 사람은 즉시 사형에 처해진다.

뿐만 아니라, 고자질 때문에 물질적·정신적으로 피해를 입은

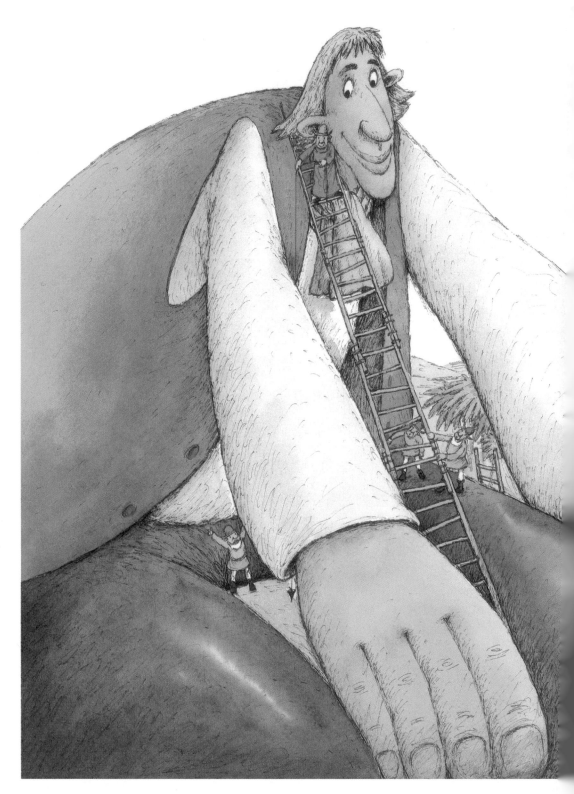

재산과 시간 등의 비용을 4배로 보상해야 한다.

　남을 속인 것은 도둑질보다 더 큰 죄다. 도둑이 드는 것은 조심하면 막을 수 있다. 그러나 정직한 사람은 정신을 바짝 차려도 교활한 사람에게 속기 쉽다. 그래서 도둑질한 죄보다 사기죄

의 형벌이 더 무겁다. 사기죄를 지은 사람은 고자질한 죄와 마찬가지로 사형에 처해진다.

은혜를 원수로 갚는 사람도 사형이다. 그러나 판결을 내리기까지는 매우 신중하다. 이 나라에서는 벌보다는 상을 장려한다.

또한 릴리퍼트에서는 능력보다 인품이 더 중요하다.

웬만한 일은 누구든지 할 수 있다고 믿는다. 그러므로 몇 명의 탁월한 천재가 업무를 처리하는 경우는 거의 없다.

그런데 지금 왕의 할아버지 대에서부터 그런 질서가 조금씩 무너졌다고 한다. 춤을 잘 추거나 재주가 있는 사람을 높은 자리에 앉혔기 때문에 당파 싸움이 점점 심각해졌다는 것이다.

특이하게도 이 나라의 부모들은 자식 교육을 책임지지 않는다. 20개월이 된 아이는 학교에 가야 하는데, 신분이나 성별에 따라 학교가 다르다. 그러나 어느 학교든 식사 시간과 잠자는 시간, 두 시간 동안의 체육 시간을 제외하고는 공부든 일이든 해야 한다. 아무것도 하지 않은 채 가만히 앉아 있는 것은 용납되지 않는다.

어린이들은 정의, 용기, 겸손, 애국심, 예절, 명예, 종교 등을 엄격하게 배운다. 너댓 살이 되면 스스로 옷을 입어야 하는데, 치장은 할 수 없다. 부모는 일 년에 두 번, 두 시간 동안만 자녀를 만날 수 있다. 이때 부모는 장난감이나 과자 등의 선물을 가지고 갈 수 없다.

나는 릴리퍼트에서 9개월 13일 동안 살았다.

내가 지낸 사원에는 식탁이나 의자가 없었기 때문에, 처음에는 큰 나무들을 베어 만들어야 했다. 침대보와 식탁보는 릴리퍼트에서 가장 두꺼운 천을 구했으나, 그래 봐야 풀잎보다 얇아 여러 겹으로 누빈 것이었다.

속옷은 200명의 여자 재봉사가 만들었다. 이들은 몸의 치수를 재기 위해 나를 땅바닥에 눕게 했다. 한 사람이 내 목 앞에 서고, 다른 한 사람은 발끝에 서서 밧줄을 팽팽히 잡아당기고, 또 한 사람은 길이를 쟀다. 여럿이 힘을 합쳐도 매우 힘겨운 노동임에 틀림없었다.

양복을 만드는 데는 남자 재봉사 300명이 동원되었다.

치수는 나를 무릎 꿇게 하고 한 사람이 사다리를 걸치고 올라와 목에서 바닥까지 추를 드리워 길이를 쟀다.

그러나 몸통과 소매의 길이는 내가 직접 쟀다.

색깔은 같지만 조각조각 잇대어서 만든 옷이었다.

식사는 300명의 요리사가 준비했다. 이들은 한 사람이 매끼 두 접시의 요리를 만들었다.

식사 때면 나는 시중드는 사람 스무 명을 손바닥 위에 올려서 테이블 위로 운반했다. 요리와 술을 담은 그릇은 밧줄로 당겨 테이블에 올리는데, 작은 닭으로 만든 요리는 2, 30마리씩 한입에 먹었다.

어느 날, 왕이 왕비와 왕자, 그리고 재무 대신과 함께 식사를 하러 왔다. 나는 차려 준 음식을 잘 먹으면 그들이 기뻐할 것 같아 여느 날보다 많이 먹었다. 하지만 이 일이 나중에 좋지 않은 결과를 가져올 줄은 꿈에도 생각지 못했다.

어리석게도, 나를 모함하는 이들이 무서운 흉계를 꾸미고 있는 줄도 모르고 블레퍼스크로 갈 생각만 하고 있었던 것이다.

음모에 휘말리다

궁중의 상당히 높은 지위에 있는 사람이 무슨 일 때문인지 왕의 노여움을 산 일이 있었다. 이때 내가 나서서 변명해 주어 무사했던 적이 있다. 그가 어느 날 한밤중에 몰래 찾아와 둘이서만 얘기하고 싶다면서 조심스럽게 입을 열었다.

"최근 대신들이 모여 당신을 벌주기 위한 비밀 회의를 열었습니다. 짐작하고 있을지 모르지만, 재무 대신과 해군 사령관 등은 당신을 좋게 보지 않습니다. 해군 사령관은 당신이 적의 군함을 빼앗아 오는 바람에 자신이 쌓은 영광이 사라졌다고 생각합니다. 또, 재무 대신은 당신의 엄청난 먹성 때문에 나라 경제가 파산 지경이 되었다고 사형을 주장하고 있습니다."

나는 몹시 화가 났다. 침략을 막아 줬는데 그럴 수 있나 싶었
다. 그러나 그가 말리며 보여 준 고소장 사본은 더욱 기가 막혔
다.

1. 궁전에서 소변을 본 자는 누구든 반역죄로 처벌하기로 되어 있다.
   그런데 산 같은 사람은 왕비의 침실에 불을 끄는 척하고 오줌을 누
   는 범죄를 저질렀다.
2. 산 같은 사람은 블레퍼스크의 군함 50척을 끌고 오기는 했으나, 나
   머지 함정도 빼앗아 오라는 임금의 명을 따르지 않았다. 또, 그는 적
   군을 훌륭하고 용기 있다고 칭찬했는데, 이는 폐하를 배신하는 충성
   스럽지 못한 행동이다.
3. 산 같은 사람은 적국인 블레퍼스크의 사신들을 위로하고 도와주었
   으며, 몇 차례나 만나 비밀스러운 이야기를 나누었다.
4. 산 같은 사람은 왕에게 말로 허가를 받았을 뿐인데도 불구하고 블
   레퍼스크로 떠나려 노리고 있다. 방문을 핑계로 적국의 편이 되려는
   것이 아주 분명하다.

그는 재무 대신과 해군 사령관 등은 사형을 주장하면서 죽일
방법까지도 구체적으로 밝혔다고 말했다. 그것은 끔찍한 것이
었다.

'한밤중에 불을 질러 가장 고통스럽고도 불명예스러운 방법으로 처형하고, 뛰쳐나오면 2만 명의 군사가 즉시 독화살을 쏘도록 한다. 그 방법은 산 같은 사람이 악독해 실패할 수도 있다. 그러면 사원에서 일하고 있는 하인들을 시켜 셔츠에 독약을 발라 두도록 한다.'

이런 주장의 배경에는 왕비의 단호한 입장도 작용했다고 한다. 왕비는 내가 침실에 오줌을 눈 것이 끝내 불쾌했던 모양이다. 하지만 반대하는 대신들도 적지 않았다고 한다.

'산 같은 사람이 적의 군함을 빼앗지 않았다면 전쟁을 막을 수 없었다. 또, 그가 불을 끄지 않았다면 궁전과 수도가 불바다가 되었을 것이다. 그러므로 죄는 지었으되, 공을 생각해서 두 눈을 멀게 하는 정도로 그쳐야 한다.'

나는 화가 치밀었다. 릴리퍼트를 모조리 짓밟아 버릴까 하는 생각마저 들었다. 이미 자유로운 몸이 되었으므로 수천만 명이 덤빈다고 해도 무서울 것은 없었다. 커다란 돌들을 집어던지면 순식간에 도시가 파괴될 것이었다.

그러나 왕에게 한 맹세와 이들이 나를 구해 주고 지금껏 보살펴 주었다는 생각이 나 계획을 포기했다.

재판을 받을까 생각도 했다. 이 나라 기준으로 법을 어긴 것은 사실이지만, 나쁜 의도는 없었다. 참고가 될 것이었다. 그러나 재판은 판사의 마음에 따라 좌우된다는 것을 잘 알고 있었다. 거기에 운명을 맡길 수는 없었다.

나는 궁내 대신에게 보내는 편지를 썼다.

'이미 왕에게 허락을 받은 바 있으므로 블레퍼스크에 다녀오겠다'는 내용이었다. 그러고는 곧바로 이불과 옷가지 등을 챙겨 사원을 떠났다.

블레퍼스크로 가는 길은 그리 어렵지 않았다.

이미 군함을 빼앗을 때 익혀 두었었다. 덕분에 블레퍼스크 해안에 예상보다 빨리 도착할 수 있었다.

블레퍼스크 사람들은 마치 외국의 왕을 맞이하는 것처럼 나를 열렬히 환영했다. 신분이 높은 대신들도 여러 명 나와 있었다. 나는 그들의 안내에 따라 도심으로 갔는데, 그곳에는 왕과 왕비, 왕자와 공주, 그리고 대신들이 마중을 나와 있었다.

이들은 내가 군함을 빼앗은 장본인이라는 것도 잊은 듯 반가워했다. 오히려 내가 미안해 어찌할 바를 모를 정도였다.

블레퍼스크에 도착한 지 사흘째 되는 날이었다.

동북쪽 바닷가를 거닐다가 2.4킬로미터쯤 떨어진 곳에서 이상한 물체를 발견했다. 구두와 양말을 벗고 바다로 들어가 자세

히 살펴보았다. 파도에 떠밀려 점점 가까이 다가오는 그것은 틀림없이 보트였다. 나는 함대에서 가장 큰 배 20척과 3천 명의 군사를 빌려 달라고 왕에게 청했다. 그는 부탁을 들어주었다.

그동안 보트는 더욱 해안 가까이 밀려와 있었다.

나는 군사들이 던져 주는 밧줄을 받아 보트 끝의 구멍에 맸다. 그런 다음 뒤편에서 배를 힘껏 밀었다. 군사들도 군함의 앞머리에서 힘껏 노를 저어 주었다. 해안 가까이 끌어온 배를 살펴보니, 다행히 부서진 곳은 별로 없었다.

조금만 수리하면 되는 정도였다.

나는 왕에게 고향으로 돌아가겠다고 말하고, 배를 수리하는 데 필요한 도움도 약속받았다. 그러나 마음에 걸리는 것이 있었다. 여러 날이 지나도록 돌아오지 않는 나를 릴리퍼트에서 가만두지 않을 것이기 때문이었다.

아니나 다를까, 릴리퍼트에서 사신을 파견하여 블레퍼스크 왕에게 이렇게 말했다.

"산 같은 사람은 죄인입니다. 벌을 받게 되자 이곳으로 도망친 것입니다. 릴리퍼트 국왕께서는 두 눈을 멀게 하는 정도의 가벼운 벌을 주었습니다만, 산 같은 사람은 국왕께 감사하기는커녕 불만을 품고 탈출했습니다. 릴리퍼트에서는 만약 그가 돌아오지 않을 경우, 그에게 내린 귀족 칭호를 빼앗을 것입니다. 뿐만 아니라, 죄가 더 무거워져 더욱 큰 벌을 줄 수밖에 없습니다. 그러니 두 나라의 평화와 우호 관계를 위해 산 같은 사람을 돌려보내 주시기 바랍니다. 그의 양 손을 묶어 보내 주시기를 릴리퍼트 국왕께서는 기다리고 계십니다."

왕은 사흘 동안 대신들과 의논을 한 뒤, 최대의 예의와 변명을 담아 답장을 써서 사신에게 주었다.

편지는 릴리퍼트 왕을 찬양하는 문구로 가득 차 있었으나, 부탁을 거절하는 내용이었다.

위대하신 릴리퍼트 국왕 폐하!
갖가지 죄를 범한 '산 같은 사람'에게 눈만 멀게 하는 가벼운 벌을 내리셨다니, 그 자비로움이 놀랍습니다. 그 말을 듣고 감격의 눈물이 멈추지 않을 정도였습니다. 그러나 '산 같은 사람'의 손발을 묶어 폐하에게 돌려보내 달라는 요청은, 들어 드리기가 너무나 어려운 일이 아닐 수 없습니다.
아시겠지만, 몇만 명의 우리 군대가 덤벼도 그를 체포하기란 불가능합니다. 폐하의 말씀처럼 그는 악한이기 때문에 좀처럼 틈을 주지 않으므로 더욱 그러합니다. 무리하게 잡으려 하다가 우리 국민이 다 짓밟혀 죽을지도 모르는데, 참으로 곤란한 일입니다.

우리는 그가 어서 블레퍼스크를 떠나기를 바라고 있습니다.
한 끼에 산더미처럼 많은 음식을 먹는 사람을 우리는 도저히 먹여
살릴 수 없기 때문입니다. 그것은 릴리퍼트에서도 마찬가지일 것
입니다.
다행히 그는 고향으로 돌아가겠다고 합니다. 그러기 위해 지금
배를 수리하는 중인데, 곧 공사가 끝날 것입니다. 우리 블레퍼스
크도 그렇지만 릴리퍼트에도 얼마나 기쁜 소식입니까.
릴리퍼트와 블레퍼스크 사이에 언제나 봄날 같은 화창한 평화가
계속되기를 기도합니다.

그러나 블레퍼스크 왕은 내가 보트 수리를 끝내고 찾아가자 편지와는 다른 말을 했다. 자기 나라에 남아 달라는 것이었다. 높은 벼슬을 주겠다면서, 자신이 릴리퍼트의 요구를 거절한 것을 자랑삼아 말하기도 했다.

하지만 나는 이미 릴리퍼트에서 왕과 신하들의 변덕을 경험했기에 결코 그러고 싶지 않았다. 눌러앉게 되면 두 나라 모두에게 피해가 될 것이라고 강조했다.

결국 블레퍼스크 왕도 고개를 끄덕였다.

사정이 이러했으므로 나는 예정보다 앞당겨 블레퍼스크를 떠나기로 결심했다. 왕도 열심히 도와주었다. 돛을 두 개 만드는 데 필요한 튼튼한 천 13필과 숙련공 500명을 붙여 주었다. 또 돛에 달 줄을 만드는 것도 예삿일이 아니었는데, 튼튼한 밧줄을 열 가닥, 스무 가닥, 서른 가닥씩 엮도록 지시했다. 이들은 왕의 명령에 따라, 닻으로 쓰기 위한 큰 돌을 찾기 위해 해안을 샅샅이 뒤지기도 했다.

한 달이 걸려서야 준비가 끝났다. 나는 왕의 출항 허가서를 받아 오도록 궁전으로 사람을 보냈다. 떠날 때가 되자, 왕은 금화 200닢이 들어 있는 지갑을 선물했다. 자기 모습을 그린 초상화도 주었다. 보트에는 소 100마리와 양 300마리를 잡은 고기, 빵과 과일, 요리사 400명이 정성껏 장만한 요리를 실어 주었다. 영국으로 돌아가 키우라고 소 8마리, 양 8마리도 주었다.

나는 블레퍼스크 사람도 데리고 가고 싶었지만, 왕은 그것만은 허락하지 않았다.

1701년 9월 24일 아침 6시. 나는 드디어 블레퍼스크를 떠났다. 동남풍을 받으며 북쪽으로 20킬로미터쯤 항해하고 났을 때는 저녁 6시경이었다. 조그만 섬이 보였다.

사람이 살지는 않는 것 같았다. 그 섬에서 하룻밤을 지낸 후 다음 날 아침 다시 항해를 시작했다. 그러나 북쪽으로 계속 노를 저어도 아무것도 보이지 않았다.

다음 날도 돛을 달고 전날과 같은 방향으로 나아갔다.

그때였다. 수평선에 검은 점 하나가 떠 있는 것이 보였다.

큰 배가 틀림없었다. 그러나 아무리 소리를 질러도 반응이 없었다. 나는 돛을 모두 올려 죽을힘을 다해 뒤쫓아갔다. 다행히 큰 배에서 나를 발견하고는 돛대에 깃발을 올리고 신호탄을 쏘았다. 배에는 영국기가 펄럭이고 있었다.

나는 너무 감격해 몸을 떨었다.

선장은 어디서 배가 가라앉았느냐고 물었다. 내가 폭풍을 만나 보트로 떠다니고 있었다고 생각한 모양이었다.

나는 선장에게 대답했다.

"배가 가라앉은 건 2년도 더 된 일이고, 지금껏 키가 15센티미터밖에 안 되는 사람들과 함께 살았습니다."

선장은 처음에는 농담으로 받아들였다. 그러나 내가 주머니에서 소와 양들을 꺼내 놓자, 그제야 비로소 호기심을 보였다.

마침내 나는 집으로 돌아왔다. 그동안 아이들은 크게 자라 있었다. 아들은 학교에 다니고 있었고, 딸은 신부 수업을 한다며 바느질을 배우고 있었다.

아내는 소인국 이야기가 신기한지, 아이들과 함께 눈을 반짝이며 귀를 기울였다.

잔디밭에 놓아 준 소와 양들은 열심히 풀을 뜯어먹었다. 녀석들은 얼마 후 아주 작은 새끼들을 낳았다. 이 소문을 들은 귀족들과 돈 많은 사람들이 구경하러 몰려왔다.

관람료를 받은 덕분에 금방 돈을 모을 수 있었다.

여유 있고 편안한 생활이 이어졌다.

그러나 두 달쯤 지나자, 나는 다시 바다 저쪽을 구경하고 싶은 생각이 간절해졌다. 마침 '어드벤처호'라는 300톤급 상선이 인도로 간다는 소식이 들려왔다.

어드벤처(모험)라니, 배 이름만 듣고도 가슴이 뛰었다.

제2편

거인국

거인의 손에 들어 올려지다

1702년 6월 20일 영국을 떠난 '어드벤처호'는 희망봉에서 겨울을 난 다음, 1703년 4월 19일 마다가스카르 해협을 지나 남위 5도 지점에 이르고 있었다. 그런데 여태까지 북서쪽에서 불어오던 바람이 갑자기 서쪽에서 불기 시작했다.

20여 일이나 계속된 바람으로 배는 몰루카 군도 동쪽 북위 3도까지 밀려나 있었다.

그곳은 바람이 거의 불지 않았다. 그러나 곧 '몬순'이라는 남풍이 불어 순식간에 파도가 출렁이고 배가 요동쳤다.

그 바람에 배는 2만 킬로미터까지 밀려났다. 다행히 큰 피해는 없었고 먹을 것도 넉넉했지만 물이 모자랐다.

육지를 발견한 것은 6월 16일이었다. 선원들이 물을 찾아 헤매는 동안, 나는 다른 방향으로 1,600미터 정도 걸어 들어갔다. 그러나 바위들만 있을 뿐 아름다운 경치는 나타나지 않았다. 문득 너무 멀리 왔다는 생각이 들어 발걸음을 돌렸다. 그런데 해안에 이르러 깜짝 놀라고 말았다. 함께 왔던 선원들이 죽을힘을 다해 노를 저어 가고 있었다.

"이봐요! 나를 두고 가면 어쩌자는 거요? 이봐요!"

그러나 외치던 목소리를 이내 삼켜야 했다. 저만치 보트를 따라가는 커다란 괴물이 보였기 때문이다. 다행히 보트는 괴물의 손아귀에서 벗어나고 있었다.

괴물이 돌아오는 것을 보고 나는 처음 갔던 길로 걸음아 나 살려라 하고 도망쳤다. 산마루에 올라서서야 겨우 헐떡이는 숨을 가라앉힐 수 있었다.

눈앞에는 보기 좋게 일궈 놓은 밭이 펼쳐져 있었다. 사람들이 살고 있는 것이 틀림없었다. 그러나 그곳에 내려간 나는 또 한 번 크게 놀랐다. 밀밭 사이의 둑길이 넓은 간선도로 같았다. 그 길을 걸어갔지만 좌우로 아무것도 볼 수가 없었다. 밀밭의 줄기들이 12미터 이상 솟아 있었다. 한 시간쯤 걸어 도착한 밭 가장자리에는 높이가 36미터나 되는 울타리도 있었다.

그 울타리 사이에서 빈틈을 찾고 있는데, 아까 본 괴물이 나를 향해 오고 있었다. 성당의 탑만큼 키가 큰 사람이었다.

한 걸음의 폭은 어림짐작으로 9미터 가량 되었다.

간이 콩알만 해진 나는 얼른 숨었다.

거인은 내 앞에서 걸음을 멈추더니 지나온 밭을 돌아보며 뭐라고 소리쳤다. 마치 천둥이 치는 것 같았다.

그 소리에 일곱 명의 거인이 다가왔다. 옷차림으로 보아 방금 소리친 거인의 일꾼들인 듯했다.

나는 거인들로부터 멀리 떨어지려고 했지만 몸을 움직이기가 힘들었다. 밀대의 간격이 30센티미터도 안 되었기 때문이다. 줄기들이 서로 얽혀 있어 도저히 틈이 없었다. 억세고 날카로운 곡식들의 수염이 내 몸을 찌르기도 했다.

포기하는 심정으로 그냥 벌렁 누워 버렸다.

어느새 거인 한 사람이 10미터쯤 앞까지 다가와 있었다.

한 걸음만 더 옮기면 발에 깔려 죽을 판이었다. 나는 있는 힘을 다해 비명을 질렀다. 그 소리를 들었는지 거인은 우뚝 선 채 아래쪽을 살펴보다가 땅에 누워 있는 나를 발견했다.

거인은 잠시 나를 쳐다보기만 했다. 내가 족제비를 잡을 때 그 녀석이 할퀴거나 물지 않을까 조심했던 것처럼 그도 그런 염려

를 하는 눈치였다. 그러나 엄지손가락과 집게손가락으로 재빠르게 나의 등 한가운데를 잡아챘다.

나는 아픈 것을 참느라고 신음을 냈지만 반항하지 않았다.

작은 동물이나 곤충들을 손에 쥐었을 때, 그것들이 몸부림치면 내던지게 된다는 것을 알기 때문이었다.

가능한 한 슬픈 표정을 짓는 것이 중요했다. 머리를 옆구리로 돌리며 여기가 아프다는 표시를 했다. 거인도 뜻을 알아차린 듯했다. 자신의 주머니 덮개를 열더니 그 속에 나를 집어넣었다.

릴리퍼트 사람들도 내가 주머니 속에 넣었을 때 그랬을 것이다. 주머니 속은 캄캄했다.

잠시 후였다. 그는 주인에게 다가가 나를 보이며 뭐라고 중얼거렸다. 주인은 지푸라기를 주워 들더니 내 외투 주머니를 들추었다. 옷을 살가죽으로 생각하는 모양이었다. 머리카락을 입으로 훅 불어 헤치고는 찬찬히 들여다보기도 했다. 그러더니 일꾼들을 불러 뭐라고 중얼거렸다. 나 같은 벌레를 본 적이 있느냐고 묻는 것 같았다.

나는 벌레가 아니라는 것을 보여 주기 위해 다리로 걸어 보였다. 도망칠 생각이 없다는 뜻으로 걸으면서 모자를 벗고 인사를 하기도 했다. 주머니에 들어 있던 지갑을 꺼내 보이기도 했다.

주인은 핀으로 지갑을 열어 차례차례 뒤졌지만 그게 뭔지 모르겠다는 표정이었다. 지갑 속에서 금화가 쏟아지자, 그는 새끼손가락에 침을 발라 달라붙게 해서 들어 올렸다. 그렇지만 역시 통 알 수 없다는 표정이었다.

주인은 일꾼들에게 계속해서 일을 하라고 이르고는 손수건을 꺼냈다. 두 겹으로 접어 한쪽 손바닥 위에 올려놓고, 자신의 손을 땅에 내려놓았다. 거기에 올라앉으라는 것이었다. 그가 시키는 대로 올라앉자, 그는 집으로 걸음을 옮기기 시작했다.

나를 본 그의 아내는, 영국 여자들이 개구리나 거미를 보고 기겁하듯이 짧은 외마디 비명을 질렀다. 하지만 내가 얌전하게 행동하는 것을 보고 마음을 놓았다.

점심때가 되자 음식이 차려졌다. 지름이 7미터나 되는 큰 접시에 고기가 산더미처럼 쌓여 있었다. 테이블 앞에는 주인과 그의 아내, 세 명의 아이들과 할머니가 빙 둘러앉았다.

주인은 나를 자기 앞의 식탁 위에 내려놓았다. 주인의 아내는 고기를 잘게 썰고 빵을 가루로 만들어 내 앞에 놓아 주었다. 고마웠다. 나는 꾸벅 절을 하고, 주머니에서 칼과 포크를 꺼내 먹기 시작했다. 그 모습이 신기한지 그들은 나에게서 눈을 뗄 줄을 몰랐다. 주인의 아내는 작은 컵에 물도 챙겨 주었다. 그러나 그것은 9리터나 담을 수 있는 컵이었다.

두 손으로 간신히 들 수 있었다. 내가 건배를 외치자 식구들이 한바탕 크게 웃었다. 그 소리에 나는 귀가 멍멍했다.

그런데 갑자기 주인의 어린 아들이 내 다리를 잡고 거꾸로 들어 올렸다. 나는 느닷없는 행동에 공중에서 허우적거려야 했다. 자칫하다가는 수직으로 처박힐 판이었다. 눈앞이 캄캄하고 손발이 부들부들 떨렸다. 주인이 재빨리 빼앗지 않았다면 큰 사고가 날 수도 있었다.

주인이 아들의 뺨을 철썩 때렸다. 건물이 무너지는 소리 같았다. 그러나 나는 주인의 아들이 나에게 앙심을 품을까 걱정이되었다. 어른들 몰래 나를 해칠 수 있기 때문이다. 나는 무릎을 꿇었다. 아들을 손짓으로 가리키며 야단치지 말라고 부탁했다.

주인도 내 뜻을 아는 듯했다. 그는 아들을 의자에 앉히고 뭐라고 말했다. 앞으로는 그러지 말라는 것 같았다.

나는 달려가 아이의 손에 입을 맞추었다. 그러자 주인은 아들의 손을 잡아 나를 쓰다듬게 했다.

위기는 그것말고도 있었다. 식사하는 중이었다. 고양이가 갑자기 식탁 위로 뛰어 올라왔다. 황소보다 세 배는 더 커 보였다. 몹시 두려웠지만 나는 마음을 굳게 먹었다. 떨거나 도망치는 모습을 보이면, 사나운 짐승들은 오히려 달려드는 법이다. 내가 먼저 고양이 앞으로 다가갔다. 과연 고양이는 두려운 듯 뒤로 물러났다. 개들에게도 마찬가지로 대했다.

식사가 끝나 갈 무렵이었다. 유모가 아기를 안고 들어와 부인에게 건넸다. 그런데 아기가 나를 보더니 소란을 피우기 시작했다. 우는 소리가 얼마나 큰지 몇 킬로미터 밖까지 들릴 듯했다. 너무 보채니까 부인은 나를 집어 아기 앞에 놓아 주었다. 꼼짝없는 장난감 신세였다.

아니나 다를까, 아기는 내 머리를 잡고 입으로 가져갔다. 순식간에 일어난 일이었다. 깜짝 놀라 비명을 질렀다.

그 바람에 아기가 나를 떨어뜨리고 말았다. 부인이 치마 앞자락을 벌려 재빨리 받아 주지 않았으면 목뼈가 부러졌을 것이다. 유모가 아기를 달래기 위해 방울을 흔들었다.

식사가 끝나자, 주인은 밖으로 나가면서 부인에게 뭐라고 일렀다. 잘 보살펴 주라는 것 같았다. 부인은 나를 들어 자기 침대에 눕히고 하얀 손수건을 잘 덮어 주었다. 이불인 셈이었다. 그러나 그 이불은 거대한 군함의 돛보다 훨씬 더 컸다. 나는 이내 잠이 들었다.

잠을 깬 것은 오줌이 마려워서였다. 그러나 침대는 바닥에서

8미터 높이에 있었다. 내려갈 수가 없었다.

소리를 질러도 부엌까지는 들리지 않을 것 같았다.

이렇게 쩔쩔매고 있을 때였다. 두 마리의 쥐가 커튼을 타고 내려오고 있었다. 침대에 내려온 녀석들은 냄새를 맡으며 이리저리 돌아다녔다. 얼마나 겁이 났는지 모른다.

그 가운데 한 마리가 느닷없이 내게 덤벼들어 나는 무의식적으로 칼을 뽑았다. 순간, 달려들던 쥐가 '찌익!' 비명 소리를 내며 쓰러졌다. 이를 보고 나머지 한 마리가 재빨리 도망치려 했다. 나는 다시 냅다 칼을 휘둘렀다.

그놈은 등을 베여 피를 흘리며 달아났다.

잠시 후 정신을 차려 보니 옷은 피로 얼룩지고 여기저기 찢겨 있었다. 죽은 쥐의 꼬리를 재어 보니 그 길이가 무려 60센티미터나 되었다.

무심코 방문을 연 부인은 깜짝 놀라 달려왔다.

그리고 피투성이가 된 나를 재빨리 손가락으로 집어 테이블로 옮겼다. 일하는 아주머니가 달려와 죽은 쥐를 집게로 집어 밖으로 내갔다. 그때서야 나는 피 묻은 단검을 소맷자락으로 닦아 칼집에 넣었다.

구경거리가 되다

부인에게는 나이에 비해 바느질을 잘하는 아홉 살 된 딸이 있었다. 그 아이는 내가 잠자리로 사용할 수 있도록 요람을 만들어 주었다. 그리고 이 요람을 서랍에 넣어 쥐들이 덤비지 못하도록 선반 위에 올려놓았다. 셔츠와 내의도 만들어 주었다. 천 가운데 가장 부드러운 천으로 만들었다고 하는데, 나에게는 부대 자루보다 더 거칠었다. 아이는 인형 놀이를 할 때처럼 즐거워하며 내 옷을 입히기도 하고 빨기도 했다.

성격이 명랑한 이 아이는 키가 12미터나 되었지만, 또래들에 비해 작은 편이었다. 아이는 나의 선생님이기도 했다. 내가 무엇을 가리키면 거인국 말로 대답해 주었다. 그 덕에 나는 사물의 이름과 간단한 대화도 배웠다. 이 아이가 내게 붙여 준 이름은 '그릴드리그'였다. 식구들도 모두 그렇게 불렀다. 나중에 안 일이지만 '난쟁이'라는 뜻이었다.

나는 이 아이를 '글룸달클리치(어린 유모)'라고 불렀다.

거인국 사람들은 모였다 하면 내 이야기를 했다.

어느 날, 이웃에 살고 있는 늙은 농부 한 사람이 소문을 확인하려고 왔다. 나는 그에게 주인이 시키는 대로 영국의 기사처럼 칼을 뽑아 들고 인사했다.

잠시 후 늙은 농부는 주인을 방 한쪽 구석으로 데리고 가더니 귓엣말을 했다. 거인들에게는 속삭이는 것이지만 내게는 다 들렸다. 장이 설 때 그릴드리그(나)를 구경시키면 돈벌이가 될 것이라는 얘기였다. 참을 수 없는 모욕이었지만 어쩔 수 없었다. 글룸달클리치가 눈물을 흘리며 말렸지만 주인은 듣지 않았다. 욕심이 많은 모양이었다.

나를 집어넣은 상자는 작은 문 하나를 빼고는 모두 막혀 있었다. 다만, 공기가 통하도록 송곳으로 뚫은 구멍이 몇 개 있었다. 글룸달클리치가 이불을 넣어 주었지만 시장에 가는 동안 상자는 매우 심하게 흔들렸다. 말은 한꺼번에 14미터를 내디뎠으며, 뛰는 높이도 대단했다. 마치 폭풍우에 배가 솟구쳤다가 떨어지는 것 같았다.

도착한 곳은 '독수리 여관'이라는 곳이었다.

방은 운동장만큼 넓었다. 주인은 사람을 사서 이곳으로 구경
꾼들을 모았다. 나는 시장까지 오는 30분 동안 시달려 몹시 피
곤한 상태였지만, 이들을 위해 공연해야 했다.

글룸달클리치가 시키는 대로 30미터가 되는 식탁 위를 걸어
다녔다. 구경꾼들에게 인사하고, 미리 외워 둔 연설도 했다. 또
차고 있는 칼을 뽑아 휘두르기도 했다.

소문은 삽시간에 퍼졌다. 구경꾼들이 다투어 몰려들었다. 주
인은 혹시 사고가 날까 봐 30명씩만 들어오도록 했다.

또 의자는 테이블에서 손을 뻗어도 닿지 않을 정도로 띄워 놓
았다. 나를 만질 수 있는 것은 글룸달클리치뿐이었다.

나는 똑같은 광대놀음을 열두 번이나 계속했다. 안 그래도 나
는 여행으로 이미 지쳐 있었다. 거의 초죽음이 되어 제발 좀 끝
냈으면 좋겠다고 생각할 때였다. 어디나 개구쟁이는 있게 마련
인가 보다. 한 아이가 도토리를 던졌다. 자칫하면 머리를 맞을
뻔했다. 도토리라고 해도 호박만큼 큰 것이었다. 맞았으면 머
리가 깨졌을 것이다. 녀석은 주인에게 크게 야단맞고 쫓겨났다.
내가 큰돈을 벌어 주는 보물이니 그럴 만도 했다.

사람들은 계속해서 몰려왔다. 그러나 내가 너무 피곤해하자 주인은 다음 장날에 보여 주기로 하고 더 이상 사람을 받지 않았다. 참으로 다행이었다.

이날의 피로를 푸는 데는 무려 사흘이나 걸렸다.

나에 대한 소문은 날이 갈수록 널리 퍼졌다. 사람들은 장날까지 기다리지 못하고 주인집으로 몰려왔다.

지주와 귀족들은 아이들까지 데리고 왔다. 주인은 이들에게는 돈을 더 받았다.

여관에서 30명에게 받던 관람료를 한 가족에게 받았다.

이렇게 나는 집에서도 조용히 쉴 수가 없었다.

주인은 더욱 욕심을 부렸다. 이 고을 저 고을로 찾아다니다 못해 수도까지 진출했다. 거인국에 온 지 두 달 만인 1703년 8월 17일이었다. 일행은 나를 포함해 주인과 글룸달클리치, 그리고 하인을 합해 네 사람이었다.

글룸달클리치는 늘 그랬듯이 나를 위해 신경을 썼다. 말이 너무 흔들려서 피곤하다며 하루에도 몇 번씩 쉬었다 가자고 했다. 쉴 때면 나를 상자 밖으로 나오게 해서 시원한 공기를 마시도록 했다. 이 때문에 여행은 느릴 수밖에 없었다.

수도인 '로르브룰그라드'에 도착한 것은 10월 26일이었다.

무려 두 달이 훨씬 더 걸렸다. 로르브룰그라드는 거인국 말로 '우주의 자랑'이라는 뜻이었다.

주인은 궁전에서 가까운 번화가에 숙소를 정했다. 그러고는 독수리 여관에서 그랬던 것처럼 선전할 사람을 구하고, 이곳저곳에 포스터도 붙였다. 또 지름이 18미터나 되는 테이블을 만들었다. 테이블 가장자리에서 1미터 안쪽에는 1미터 높이의 울타리를 쳤다. 내가 떨어지는 것을 막기 위한 것이었다.

공연은 이곳에서도 크게 인기를 끌었다. 그 바람에 하루에 열 번이나 재주를 부려야 했다.

그동안 나는 거인국의 말을 더 많이 배울 수 있었다. 구경꾼들이 묻는 말에 대답을 할 수 있을 정도였다. 글룸달클리치가 글자를 가르쳐 주어 간단히 쓰고 읽을 수도 있었다.

몇 주일이나 계속된 공연 때문에 나는 완전히 지쳐 있었다. 음식도 제대로 먹지 못해 몸은 앙상하게 야위었다. 그러나 더욱 돈독이 오른 주인은 아랑곳하지 않았다. 오히려 내가 죽기 전에 더 많이 돈을 벌 생각만 했다.

그러던 어느 날이었다. 왕비가 우리를 불렀다.

나를 구경한 궁중의 시녀가 말을 전했던 모양이었다.

나는 다른 어느 때보다 죽을힘을 다해 재주를 선보였다. 왕비와 시녀들이 기뻐하는 것을 알 수 있었다.

공연이 끝나자 왕비가 이것저것 물었다. 나는 될 수 있는
대로 간단하고 또렷하게 대답했다. 왕비는 궁궐에서 살고
싶은 생각이 없느냐고 물었다. 귀가 솔깃해지는 말이었다.

나는 너무나 기뻐서 그렇게만 해 준다면 왕비를 위해
모든 노력을 하겠다고 대답했다.

왕비가 고개를 돌려 주인에게 값을 후하게 쳐 줄 테니
팔라고 말했다. 내가 한 달 이상 못 살 것으로 믿었던
주인으로서는 듣던 중 반가운 말이었을 것이다.

그러나 주인은 시치미를 떼고 금화를 무려 1,000개나 요구했다. 터무니없는 액수였지만, 왕비는 아무 말 않고 그 자리에서 돈을 내주었다.

나는 주인 가족이 돌아서려는 것을 보고 얼른 왕비에게 부탁했다. 지금까지 친절하게 보살펴 준 일을 설명하며 글룸달클리치와 함께 있게 해 달라고 말했다.

딸이 궁중에서 일하게 된다는 건 주인에게도 분명 좋은 일이었다. 주인은 딸이 좋은 곳에서 지내게 되어 마음이 놓인다고 한 마디 거들었다. 그러나 나는 아무 대꾸도 하지 않았다. 주인은 내가 궁중에 오게 된 것은 모두 자기 덕이라고도 강조했다.

기가 막히는 말이었다. 나를 이용해 돈을 많이 벌었고, 게다가 거액에 팔았으면 오히려 그가 나에게 감사해야 할 일이었다. 그러나 그의 태도는 너무나 뻔뻔했다.

내가 시큰둥한 반응을 보이자 주인이 돌아간 후 왕비가 이유를 물었다. 나는 그동안 있었던 일을 자세하게 말했다.

왕비는 내 말을 끝까지 잘 듣고는 나를 왕에게 데리고 갔다.

거인국의 모습

왕 앞에 선 나는 한쪽 무릎을 꿇고 공손하게 인사했다. 그러고는 먼 나라에서 오게 됐다는 것, 의사였다는 것, 그리고 이름이 '걸리버'라는 것 등을 얘기했다.

그러나 왕은 믿으려 하지 않았다. 나를 몸속에 태엽이 들어 있는 인형이라고 생각했다. 그러더니 학자들을 불러 자세히 조사하라고 지시했다.

학자들의 의견은 조금씩 달랐다. 그러나 내가 자연의 법칙에 따라 생겨난 생물이 아니라는 데는 의견이 같았다. 재빨리 움직이거나, 나무에 올라가거나, 땅에 구멍을 팔 수 있는 몸을 갖고 있지 않다는 것이 그 이유였다.

어떤 한 학자는 내가 먹을 수 있는 것은 달팽이나 곤충뿐일 거라고 말했다.

다른 학자는 어머니 뱃속에서 충분히 자라지 못한 채 태어난 것이라고 주장했다. 여러 의견이 많았지만 결론은 자연의 장난에 의해 생겨났다는 것이었다.

왕은 학자들을 돌려보내고 주인 농부를 데려오게 했다.

또, 주인 농부의 딸 글룸달클리치와도 만나 얘기를 나누었다.

이들의 얘기는 내 말과 일치했다. 왕은 그제야 비로소 조금 믿음이 가는지 왕비에게 잘 보살펴 줄 것을 당부했다.

곧 편리한 거실이 만들어졌다. 글룸달클리치에게 궁궐의 예절 등을 가르치는 선생님이 임명되었다. 옷을 입혀 주는 시녀와 잔심부름을 맡을 하녀도 두 사람 보내 주었다.

내 방을 꾸미는 일은 작은 물건을 잘 만드는 기술자들이 맡았다. 이들은 천장과 벽, 마루 등을 깃털로 도배했다.

혹시 나를 운반하는 사람들이 부주의로 사고를 일으키거나, 마차가 흔들려 내가 다치는 일이 없도록 하기 위해서였다. 글룸달클리치는 날마다 상자 속에서 침대를 꺼내 햇볕을 쬐게 하고 깨끗이 청소했다.

나는 쥐의 습격을 받았던 일을 생각하고 자물쇠를 만들어 달

라고 부탁했다. 대장장이는 이제까지 본 적도 없는 자물쇠를 만드느라 몇 번이나 실패를 거듭했다. 열쇠는 혹시 글룸달클리치가 가지고 다니다가 잃어버릴지도 몰라 내가 주머니에 넣고 다니기로 했다.

왕비는 나와 함께 있기를 무척 좋아했다. 내가 없으면 식사도 거를 정도였다. 내 식기들은 왕비의 것에 비하면 어린 소녀들 장난감보다 작았다. 왕비는 내 접시에 고기 조각을 놓아 주었다. 조그마한 내가 칼로 고기를 베어 오물오물 먹는 모습이 귀여웠을 것이다. 그러나 반대로 나는 속이 메스꺼워지는 것을 참을 수가 없었다.

왕비는 거인국의 보통 여성들에 비해 먹는 양이 적은 편이었지만, 영국 사람 12명이 먹는 분량이었다. 칠면조 날개보다 아홉 배나 큰 종달새 날개를 뼈까지 씹어 먹는 것을 보면 소름이 끼칠 정도였다. 게다가 십여 개의 커다란 나이프와 포크가 한꺼번에 움직일 때면…….

수요일은 거인국의 공휴일이었다. 이날은 왕과 왕비, 왕자와 공주가 모여 함께 식사를 했다. 어느 수요일, 나는 왕에게 유럽의 관습과 법률, 정치와 학문 등에 대해 말했다. 그러자 왕은 크게 웃더니 대신들을 향해 이렇게 말했다.

"얘기 들었소? 우리가 잘났다고 해 봐야 별 수 없소이다. 이런 생물의 나라에서도 둥우리를 짓거나 굴을 파고 집이라 한다잖소. 또 우리처럼 도시도 있고, 서로 사랑하기도 하고 다투기도 하고 속이기도 한다는데, 그것 참 재미있지 않소?"

어처구니가 없었다. 나의 조국을 모욕하다니, 몹시 언짢았다.

그러나 왕의 생각도 무리는 아니었다. 작은 생물에 불과한 것들이 자기네들처럼 전쟁도 하고 협상도 한다니 믿어지지 않았을 것이다. 그런 정도는 참을 수 있었다. 그러나 참을 수 없었던 것은 거인국 난쟁이에게 놀림감이 된 일이었다.

난쟁이의 키는 10미터쯤으로, 거인국에서는 보기 드물게 작았다. 그런 그가 자기보다 훨씬 작은 생물이 나타나자 거만해졌던 것이다. 내가 왕비나 귀족들과 얘기를 하고 있으면 일부러 몸을 빳빳이 세우고 걸었다.

어느 날, 그 난쟁이가 나를 붙잡아 크림을 넣은 은그릇에 떨어뜨렸다. 만일 내가 헤엄을 칠 줄 몰랐다면 어떻게 되었을지 모른다. 허우적거리고 있는 것을 구해 준 것은 나의 어린 유모 글룸달클리치였다. 하지만 나는 이미 크림을 1리터 이상 마신 후였다.

이 일로 난쟁이는 매를 맞고, 가득 담겨 있던 크림을 모두 마시는 벌을 받아야 했다. 왕비는 그러고도 나중에 이 난쟁이를 어느 귀부인에게 선물로 주어 버렸다.

난쟁이는 전에도 내게 심하게 장난을 친 적이 있다. 왕비가 골수를 빼먹고 난 뼈를 여느 때처럼 접시 위에 놓아 둔 채 다른 곳을 보고 있었다. 글룸달클리치도 부엌으로 가고 없었다. 이 틈을 이용해 난쟁이는 나를 집어 들고 두 다리를 고기 뼈 속에 집어넣었다. 꼼짝할 수가 없었다. 왕비가 뜨거운 음식을 좋아하지 않았기 때문에 다행히 발을 데지는 않았지만, 양말과 바지가 형편없이 더러워졌던 것이다.

파리 때문에 왕비에게 겁쟁이로 놀림을 당한 적도 있다. 거인국에도 여름이면 파리들이 들끓었다. 종달새만 한 파리들은 음식 위로 날아와서 더러운 똥을 누거나 알을 낳았다. 어떤 때는 코나 이마에 내려앉아 고약한 냄새를 풍기면서 내 생살까지 침으로 찔러 댔다. 그 끈적끈적한 침은 냄새가 지독했다.

어느 날, 난쟁이가 여러 마리 파리를 산 채로 잡아 손에 쥐고 있다가 갑자기 내 코 앞에서 날렸다. 나는 얼마나 놀랐는지 모른다. 그것을 보고 왕비가 웃으며 겁쟁이라고 놀렸던 것이다.

나는 날아다니는 파리를 있는 힘을 다해 칼로 쳐서 죽였다. 왕비는 손뼉을 치며 칭찬했지만, 나에게는 큰 위협이었다. 벌의 습격을 받았을 때도 그것은 목숨을 건 일이었다.

글룸달클리치는 날씨가 좋은 날이면 상자를 창틀에 올려놓곤 했다. 나는 창문을 열고 테이블에 앉아 과자를 먹고 있었다. 그런데 냄새를 맡은 20여 마리의 벌들이 상자 안으로 날아들었다. 메추리만 한 벌들의 날갯짓은 나팔 소리보다 요란했다. 나는 쏘이지 않기 위해 안간힘을 다해 칼을 휘둘렀다. 네 마리의 벌이 떨어졌고, 나머지 벌들은 창 밖으로 달아났다. 얼른 창문을 닫았다. 죽은 벌의 침을 뽑아 보니 길이가 4센티미터나 되었다. 끝이 바늘처럼 뾰족했다.

거인국을 소개하자면, 우선 영토가 대단했다. 넓이가 세로 9,600킬로미터, 가로 4,800킬로미터였다.

이처럼 넓은 땅덩이를 어째서 유럽의 지리학자들이 모르고 있는지 의아했다. 영국으로 돌아가면 지도부터 고쳐야 한다는 생각이 들었다.

거인국은 반도로 이루어져 있다. 북동쪽에는 48킬로미터 높이의 산맥이 가로막혀 있다. 꼭대기에는 화산이 많아 넘어 다닐 수 없다. 산맥 너머에 어떤 사람이 살고 있는지 전혀 모른다. 아니, 사람이 사는지 어떤지도 학자들은 모르고 있다.

삼면이 바다로 둘러싸여 있지만 항구도 전혀 없다.

강물이 바다로 흘러 들어가는 곳에는 뾰족한 바위가 널려 있다. 게다가 파도가 몹시 거칠어 작은 보트조차 띄울 수 없다. 그래서 거인국은 다른 세계와 만날 수 없다.

다만, 강에는 다양한 물고기들이 살고 있다. 하지만 거인국에서 고기를 잡는 사람은 거의 없다. 잡아 봐야 너무 작기 때문이다. 사람과 생물을 크게 자라게 하는 힘이 이 반도에만 있는 것인지도 모른다.

지도는 길이가 30미터나 되어 나는 신을 벗고 그 위를 걸어다녀야 했다. 거인국은 51개의 대도시와 100여 개의 소도시, 그리고 수많은 마을로 구성되어 있다. 수도인 로르브룰그라드는 큰 강을 중심으로 양쪽에 시가지가 펼쳐져 있다. 왕궁은 둘레가 11킬로미터나 된다. 중요한 궁의 방들은 천장 높이가 72미터 정도이다.

글룸달클리치에게는 마차가 한 대 있었다. 예절을 가르치는 선생님은 가끔 우리를 태우고 거리를 구경시켜 주었다.

어느 날, 선생님이 가게 앞에서 마차를 세웠을 때였다.

거지들이 우르르 몰려들었다. 어떤 사람은 100킬로그램 정도 되는 커다란 혹을 목에 달고 있었다. 또 다른 사람은 6미터 가량 되는 나무 의족에 의지하고 있었다. 이들은 코가 떨어져 나갈 것 같은 나쁜 냄새를 풍겼다. 선생님은 울상이 되어 벌벌 떨기만 했다. 가장 끔찍한 것은, 꾀죄죄한 옷에 기어다니는 이였다. 커다란 이들이 돼지처럼 먹이를 찾아 움직이는 모습은 속이 뒤집힐 만큼 메스꺼웠다.

얘기를 들은 왕비는 여행용 상자를 만들어 주었다.

지금까지 사용하던 상자는 글룸달클리치가 무릎에 올려놓기에는 너무 컸다. 들고 다니기도 불편했다. 새 여행용 상자는 내가 아이디어를 낸 것이었다. 세 방향의 벽에 창문이 하나씩 있고, 어느 창문에나 쇠창살이 붙어 있었다. 나머지 한쪽 벽에는 창문 대신 바깥쪽에 튼튼한 걸쇠를 두 개 달았다.

허리에 끼울 수 있게 한 것이다. 상자 안의 침대와 테이블, 의자 등은 충격에도 흔들리지 않게 튼튼하게 마루에 나사를 박아 단단히 고정시켰다.

이후 왕이나 왕비를 따라다니는 일이 더욱 많아졌다.

덕분에 궁궐이나 정원을 마음껏 살필 수 있었다. 대신이나 귀부인들은 다투어 나를 초대했다. 내가 가치 있는 인물이라서가 아니라, 왕과 왕비의 사랑을 받고 있기 때문일 것이다.

나는 거인국에서 가장 높은 건축물로 유명한 사원의 탑을 보고 싶어서 글룸달클리치에게 부탁했다. 그러나 그 사원은 생각했던 것보다 실망스러웠다. 탑의 높이가 900미터밖에 되지 않았다. 이 정도라면 유럽에 비교해 볼 때, 비례로 따져 그리 높은 편이 아니었다. 그러나 매우 아름다웠다.

정방형 석재로 쌓은 사원의 벽은 두께가 30미터 가량 되었다. 벽에는 실물보다 크게 만든 신이나 국왕의 대리석상이 장식되어 있었다. 이 석상 중에는 손가락이 떨어져 나간 것도 있었다. 땅바닥에 떨어져 있는 새끼손가락의 길이를 재 보니 길이가 122.5센티미터였다. 글룸달클리치가 그 손가락을 손수건에 싸서 주머니에 넣었다. 아무리 보잘것없어 보여도 아이들에게는 소중한 법이다. 글룸달클리치도 마찬가지였던 것이다. 벽난로, 항아리, 주전자, 꼬치에 꿰어 익힌 고기의 크기는 더 얘기해도 믿지 않을 것이다. 아마 내가 약간 부풀려서 얘기한다고 생각하기 쉬울 것이다. 그러나 '브롭딩나그(거인국 이름)' 언어로 번역되어 그들이 읽는다면 오히려 축소시켰다고 불평할 것이다.

위험한 사건들

위험한 일을 여러 번 겪지 않았다면, 나는 거인국에서 행복하게 오래오래 살았을지도 모른다.

그러나 사람 사는 곳은 좋은 일만 있는 것은 아닌가 보다. 거인국에서도 마찬가지였다.

난쟁이가 쫓겨나기 전이었다. 나와 글룸달클리치를 따라 그가 정원에 온 적이 있었다. 작은 사과나무를 보자, 나는 그동안 나를 괴롭혀 온 난쟁이를 놀렸다. 화가 난 난쟁이가 사과나무를 마구 흔들었다. 사과 하나가 내 허리에 떨어졌다. 크게 다치지는 않았지만 이 일로 난쟁이는 벌을 받게 되었다.

내가 먼저 놀린 것이기 때문에 대신 용서를 빌었다.

어느 날은 우박이 쏟아졌다. 재빨리 꽃밭으로 달려가 위험을
피했다. 이곳의 우박은 유럽 것보다 1,800배나 컸다. 나는 이
절굿공이 같은 우박에 맞아 다치는 바람에 열흘 간이나 밖으로
나갈 수가 없었다.

개에게 물려 혼이 난 적도 있었다. 글룸달클리치가 선생님과
함께 저쪽으로 가고 없을 때였다. 개 한 마리가 나를 물고 어디

론가 달려갔다. 다행히 훈련을 잘 받은 개였다. 내 몸에 전혀 상처를 내지 않고 주인인 정원사 앞에 내려놓았다.

하마터면 매에게 채일 뻔했던 일, 두더지가 파 놓은 구멍에 목까지 빠졌던 일, 달팽이 껍데기에 걸려 다리를 크게 다쳤던 일도 있었다. 특히, 시녀들이 나를 발가벗겨 자기들의 가슴 위에 눕히는 것은 괴로웠다. 체면도 말이 아니었지만, 그보다 고약한 냄새가 역겨웠다.

시녀들은 내가 보는 앞에서 옷을 갈아입기도 했다. 그녀들의 피부는 너무 거칠고 여기저기 구멍이 뚫려 있었다. 구멍에는 짐을 묶는 노끈보다 더 굵은 털이 나 있었다. 더구나 내가 곁에 있는데도 아랑곳하지 않고 오줌을 누기도 했다.

이런 일들을 겪으면서 나는 점점 고국이 그리워졌다.

기분 전환을 위해 왕비가 보트를 타 보라 해서 우울한 마음이 좀 나아지기는 했다. 돛을 달고 노를 젓는 거야 어려울 것이 없었다. 나는 의사였지만 선원들을 잘 도왔으므로 어느 정도 배에 대한 지식이 있었다.

그러나 거인국에서는 가장 작은 배라 해도 유럽의 군함만큼 큰 것이다. 왕비는 나를 위해 배를 새로 만들었다. 또 길이 90미터, 폭 15미터, 깊이 2.4미터 되는 물통도 만들었다. 하인들은 이 통에 물을 가득 채워 주었다. 왕비와 궁녀들은 물통 주위에 둘러서서 내가 장난감 같은 보트를 젓는 모습을 재미있게 구경했다. 때때로 궁녀들은 부채로 바람을 일으켜 배가 잘 가도록 도와주기도 했다.

그러나 목숨을 잃을 뻔한 일도 있었다. 글룸달클리치의 선생님이 나를 보트에 태우려다 그만 손가락 사이로 빠뜨렸던 것이다. 가슴에 꽂혀 있던 머리핀에 매달리지 않았다면, 나는 12미터 아래의 마룻바닥에 떨어졌을 것이다.

다른 무서운 일도 있었다. 하인이 길어 온 물속에 개구리가 들어 있었던 것이다. 그 개구리는 처음 얼마 동안은 물통 바닥에 꼼짝 앉고 있었다. 그러다가 물 위의 보트를 보더니 훌쩍 뛰어올라왔다. 이 바람에 배가 한쪽으로 기우뚱했다. 깜짝 놀란 나는 배가 뒤집히지 않도록 재빨리 반대쪽으로 몸을 옮겼다. 그러자 개구리도 놀라 반대편으로 껑충 뛰었다. 이렇게 한동안 나와 개구리는 서로 엇갈려 뛰어다녔고, 그럴 때마다 배가 뒤집힐 듯이 출렁거렸다.

그러나 뭐니 뭐니 해도 가장 위험했던 것은 원숭이에게 붙잡혔던 일이다. 글룸달클리치가 문을 잠그고 나갔을 때였다. 날씨가 너무 더워 문은 열어 놓은 채였다. 창문으로 들어온 원숭이

가 냄새를 맡고 다가왔다. 상자 속에 있던 나는,
나를 빤히 들여다보는 원숭이를 보고 놀라서
구석으로 몸을 피했다. 그러나 결국 원숭이의
손에 옷깃을 잡혀 끌려 나가고 말았다.

원숭이는 재미있는 장난감이라도 얻었다는 듯
나를 오른손으로 껴안았다. 몸부림을 치면 더
세게 쥘 것 같아 가만히 있을 수밖에 없었다.
왼손으로는 줄곧 내 얼굴을 쓰다듬었다. 아마
자기 새끼쯤으로 생각하는 모양이었다.

침실 문을 여는 소리가 나자, 원숭이는 재빨리 창문 밖으로 도망쳤다. 그러고는 홈통을 타고 건너편 건물 지붕 위로 올라갔다. 이를 본 글룸달클리치가 소리를 지르자, 궁중에서는 대소동이 벌어졌다. 하인들은 사다리를 가지러 가고, 왕비는 지붕을 쳐다보며 발을 동동 굴렀다.

원숭이는 지붕 꼭대기에 앉아 먹을 것을 내 입속에 밀어 넣었다. 역겹기 짝이 없었다. 먹지 않으려고 고개를 돌리자, 원숭이는 달래듯 나를 쓰다듬어 주었다. 이를 보던 사람들이 웃음을 터뜨렸다. 나는 죽을 지경인데, 구경꾼들에게는 참으로 우스워 보였던 모양이다.

사람들이 사다리를 타고 지붕 위로 올라왔다. 원숭이는 포위당한 것을 알았는지 나를 내려놓고 달아났다. 나는 150미터나 되는 지붕 꼭대기에 혼자 남아 있어야 했다. 바람에 날려가지 않을까, 굴러 떨어지지는 않을까 마음이 조마조마했다. 다행히 젊은 하인들이 나를 주머니에 넣고 내려와 무사히 구출되었다.

나는 원숭이가 목구멍에 쑤셔 넣은 더러운 것 때문에 숨이 막힐 지경이었다. 글룸달클리치가 작은 바늘로 꺼내 주어 다행이었지만, 원숭이 팔에 죄인 옆구리가 아파 보름 동안 침대에 누워 치료를 받아야 했다.

왕은 즉시 원숭이를 잡아 죽이고, 몇 차례나 왕비와 함께 병문안을 왔다. 또 궁중에 그런 동물을 두지 못하도록 명령했다.

상처가 다 낫자, 나는 왕에게 고맙다는 인사를 하러 갔다.

그러나 왕은 '원숭이가 먹여 준 음식이 얼마나 맛있더냐, 지붕 위에서 마신 신선한 공기가 식욕을 돋우지는 않았느냐, 유럽에서는 그런 일이 벌어질 때 어떻게 하느냐'며 짓궂게 놀려 댔다.

나는 약이 올라 '유럽에는 원숭이가 없다, 다만 아프리카나 다른 열대 지방에서 원숭이를 들여와 동물원에서 구경한다, 그런 원숭이라면 한꺼번에 열두 마리가 덤벼도 자신 있다, 이번 원숭이도 칼을 빼들었다면 혼이 나서 도망쳤을 것이다.'라고 으스대며 말했다. 그러나 그런 말은 오히려 웃음거리만 될 뿐이었다.

놀림감이 된 것은 이번만이 아니었다. 글룸달클리치마저 내가 실수하면 웃음을 참지 못하고, 그것을 왕이나 왕비에게 이야기했다. 보잘것없는 사람이 명예를 지키기 위해 기를 써 봐야, 그것이 '저 높은 곳의 사람'에게는 얼마나 우스워 보이는지, 나 스스로 증명한 셈이었다.

어느 날, 궁궐에서 50킬로미터 떨어진 곳으로 바람을 쐬러 갔을 때였다. 상자에서 나와 들길을 걷고 있는데 쇠똥이 있었다. 처음에는 피해서 돌아가려 했다. 그러다가 문득 글룸달클리치와 선생님이 보는 앞에서 창피하다는 생각이 들었다. 이 기회에 내가 얼마나 날렵한가를 보여 주고 싶었다. 뒤로 몇 발자국 물러섰다가 힘차게 뛰었다. 아, 그러나 내 멀리뛰기 실력으로는 어림없었다. 그만 똥 한가운데에 떨어지고 말았다.

간신히 똥에서 나온 나를 마부는 얼른 손수건으로 닦아 주었다. 글룸달클리치는 주위가 더러워질까 봐 상자에서 나를 나오지 못하게 했다.

이야기를 들은 왕비는 배꼽을 잡고 웃었다. 마부는 마구 소문을 퍼뜨리고 있었다. 이들에게 내 명예 따위는 뒷전이었다. 나는 얼굴을 들고 다닐 수가 없었다.

왕의 사고방식

거인국에서는 매주 한 번 또는 두 번 면도를 하는 것이 관습이다. 왕도 마찬가지였다. 나는 왕이 면도하는 모습을 이따금 볼 수 있었다. 면도칼은 풀 베는 낫의 두 배 크기였다. 처음에는 왕의 얼굴에서 면도칼이 왔다 갔다 하는 것이 무서웠다. 그러나 그걸 보고 나는 좋은 아이디어가 떠올랐다. 영국에서부터 쓰던 빗은 이미 이가 빠져 있었다. 그래서 왕의 수염으로 새로 빗을 만들고 싶었다.

이발사에게 부탁해 면도를 한 후의 비누 거품을 얻었다. 그러고는 거품 속에 있는 수염 중에서 뻣뻣한 것 4, 50개를 골랐다. 궁전의 목수에게는 작은 나무를 골라 빗 모양으로 만들어 달라고 부탁해 두었다. 그 나무에 바늘 끝으로 구멍을 내어 수염을 하나씩 박아 넣었다. 제법 쓸 만한 빗이 되었다.

시녀에게는 또 다른 부탁을 했다. 왕비의 머리를 빗기고 난 다음, 빗에 묻어 있는 머리카락을 모아 달라고 했다. 얼마가 지나자 머리카락은 상당한 양이 되었다. 목수에게 부탁해 만든 의자 형태의 나무에 송곳으로 구멍을 뚫었다.

그 구멍을 통해 모아 놓은 머리카락을 등과 엉덩이가 닿는 부분에 엮었다. 내가 봐도 훌륭한 의자였다.

나는 의자를 왕비에게 선물했다. 남은 머리카락으로는 150센티미터 길이의 예쁜 지갑을 만들어 글룸달클리치에게 선물했다. 두 사람은 그 선물을 보물처럼 소중하게 간직했다.

나는 음악을 좋아하는 왕을 따라 가끔 연주회에 갔다. 그러나 악기 소리가 너무 커서 음정을 구별할 수가 없었다.

그래서 되도록이면 상자를 연주자에게서 멀리 떨어진 곳에 놓아 달라고 부탁했다. 그러고도 모자라 문과 창문을 꼭 닫고 커튼까지 치도록 했다.

글룸달클리치는 하프시코드와 비슷한 악기를 음악 선생님에게 배우고 있었다. 나도 악기를 연주할 줄 알았다. 그래서 그 악기로 영국 음악을 연주하면 어떨까 생각했다. 그러나 하프시코

드의 건반 길이는 18미터나 되고, 건반 하나의 크기도 30센티미터였다. 나 같은 사람은 두 팔을 벌려도 건반 다섯 개를 칠 수 없었다. 그래서 생각해 낸 것이 쥐의 가죽으로 싼 몽둥이였다. 하프시코드 건반 아래에 긴 의자를 놓고 뛰어다니며 두 개의 몽둥이로 건반을 두드려 보았으나 그것은 너무 힘든 운동이었다.

거인국의 왕은 비교적 현명하고 이해심이 많았다.

왕은 곧잘 나를 불러 이야기 듣기를 좋아했다. 나는 어느 날 마음을 단단히 먹고 입을 열었다. 바깥 세계를 무시하는 왕을 지적하고 싶었던 것이다.

"지혜란 몸의 크기로 결정되는 것이 아닙니다. 유럽에서는 키 큰 사람이 오히려 모자라는 사람 취급을 받습니다. 동물의 예를 보더라도 꿀벌이나 개미가 몸집은 작지만 부지런하고 공동 생활을 잘합니다."

내 말에 왕은 고개를 끄덕였다. 내친 김에 영국에 대해 좀 더 구체적으로 설명해 주었다.

"영국의 본토는 두 개의 섬으로 이루어져 있습니다. 아메리카 대륙에 식민지도 있습니다. 나라는 국왕이 다스리고, 많은 귀족들이 왕에게 충성을 다합니다. 귀족들은 혈통으로 이어지고, 세력을 강화하기 위해 끊임없이 노력합니다. 그리고 이들은 성직자와 함께 의회에 참여합니다."

나는 이 밖에도 정치·사회·경제·문화·체육 등에 대해서도 아는 대로 말했다. 지난 100년 동안 일어난 사건도 들려주었다. 왕은 한 번에 몇 시간씩 여섯 차례에 걸쳐 이야기를 듣는 동안 중요하다 싶은 것은 받아 적고 꼬치꼬치 묻기도 했다.

새로 귀족이 되려면 왕의 마음에 들어야 하는지, 아니면 돈을 들여야 하는지 물었다. 재판하는 데 시간이 얼마나 걸리며 비용은 얼마 드는지, 혹시 돈이나 권력이나 출신 지방에 따라 판결을 내리지는 않는지에 대해서도 물었다.

반박이나 비판도 서슴지 않았다. 성직자들이 일반 백성들보다 귀족 편에 서지는 않는지, 아예 귀족의 노예 노릇을 하지는 않는지를 의심했다. 또 월급이나 연금도 없다면서 왜 집안을 망치면서까지 하원에 들어가려 하는지 이해할 수 없다고도 했다. 하나의 왕국이 어떻게 개인처럼 재산을 날릴 수 있는지, 그렇다면 그 빚을 받을 권리는 누구에게 있으며, 빚을 갚기 위해서는 어떻게 돈을 마련하는지 등도 따져 물었다.

전쟁에 대해서는 싸움을 좋아하기 때문이라고 왕은 잘라 말했다. 자기 나라 영토가 있는데 더 이상 무엇이 필요하냐는 것이었다. 특히 영국에서 일어난 역사적인 사건에 대해 듣고는 놀란

표정을 지었다. 왕은 자신의 생각을 정리한 글을 나중에 보여
주었다.

그대는 영국에 대해 많은 이야기를 했지만, 나로서는 이해하기 어
려웠다. 그대의 나라에서는 법을 나쁘게 이용하고, 엉터리로 해석하
고, 피하는 데 관심이 많은 자들이 적지 않음을 알 수 있었다. 법이나
제도를 처음 만들었을 때와는 달리 시간이 지나면서 허물어지고 제멋
대로 변질되어 썩고 있었다.
덕이 많아 귀족이 되는 것도 아니고, 깨끗하고 아는 게 많아서 성직
자가 되는 것도 아니었다. 정직해서 재판관이 출세하는 것도 아니고,
국가를 사랑해서 국회 의원이 되는 것도 아니고, 지혜롭기 때문에 대
신들이 왕의 사랑을 받는 것도 아니었다. 하원 의원의 자격을 정하는
것만 봐도 무식함과 게으름과 나쁜 마음이 있어야 함을 그대의 얘기가
증명했다.
내가 보기에 그대의 조국 영국은 세상의 표면에 기어다니는 생물
가운데 가장 해로운 작은 벌레들의 집단이다. 그런 나라에 그대가 살
았다는 것이 안타깝다.

나는 영국을 모욕하는 글을 읽고도 참을 수밖에 없었다. 화를
내 보았자 놀림감이 될 것이 뻔했기 때문이다.

사실, 왕의 질문에 대답하기 곤란한 것은 슬며시 피하기도 하고 변명을 하기도 했다. 어느 누가 자기 조국을 사랑하지 않으랴만, 나도 마찬가지였다. 조국을 실제보다 더 좋게 말한 것이 사실이었다.

어느 날이었다. 나는 어떻게든 왕의 시각을 바꿔 놓기 위해 영국이 3, 4백 년 전에 발명한 화약에 대해 이야기했다.

"조그만 불길이라도 닿으면 산만큼 큰 것도 천둥보다 더 큰 소리로 날려 버립니다. 튼튼한 성벽도 무너뜨리고, 1,000명씩 타고 있는 배도 가라앉힐 수 있습니다. 대포 30여 문(대포나 기관총 따위를 세는 단위)만 있으면 도시 전부를 부수어 버릴 수도 있습니다. 영국도 이 화약을 사용해 몇 번이나 전쟁에서 이겼습니다. 화약의 성분과 혼합하는 방법은 제가 잘 압니다. 원하시면 만드는 법을 가르쳐 드리겠습니다. 폐하의 특별한 은혜와 보호에 보답하기 위해서 이런 말을 하는 것입니다."

그러나 왕은 어이없다는 표정이었다. 나처럼 작은 벌레가 어떻게 그런 얘기를 할 수 있느냐는 것이었다. 세상을 파괴하는 기계를 만드느니 차라리 나라의 절반을 잃어버리는 게 낫겠다고도 말했다.

나는 나라를 다스리는 방법에 대해 쓴 책이 유럽에는 수천 권씩 있다고 말하며, 그 책을 읽으면 더욱 훌륭한 왕이 될 것이라고 했다. 그러나 그 말은 결과적으로 왕에게 더욱 나쁜 인상만 심어 주고 말았다.

"국가를 운영하는 데는 까다로운 기술이나 속임수가 필요한 것이 아니오. 때문에 국가 기밀이란 것은 도저히 이해할 수가 없소. 풀 한 포기 자라는 곳에 두 줄기가 자라게 할 수 있는 사람이라면, 그는 정치하는 사람을 모두 합한 것보다 진정 위대한 사람일 것이오."

생각지 못한 왕의 반응이었다. 적국도 없고, 경쟁할 나라도 없으니 어쩌면 당연한 것인지도 모르겠다. 그러나 불필요하게 망설이다가 국민의 생명과 자유와 재산을 잃어버린 경우가 흔하다. 더구나 절대적인 기회가 왔는데도 그것을 잡지 않는 경우는 거의 없다. 다른 나라에 대해서는 전혀 모르는 왕의 생각이 짧은 것이라고 나는 생각했다.

'브롭딩나그'에는 학문이라고는 도덕, 역사, 시, 수학 네 가지뿐이었다. 법에는 24자로 된 어휘 수를 넘는 말을 사용하지 못하도록 되어 있었다. 그래서인지 사람들의 표현도 단순했다. 때문에 이 나라에서는 한 가지 해석 외에 다른 해석을 하기 어렵다. 만일 법에 대해서 평을 쓰면 그것은 사형죄가 된다.

거인국의 도서관 중에서는 왕실 도서관이 가장 크다. 그래 봐야 보관하고 있는 책은 1,000권이 채 안 되었다.

왕실 도서관에는 나를 위해 특별히 제작한 750미터 높이의 기계가 있었다. 위아래로 움직이는 그 기계는 문장의 길이에 따라 계단을 위아래로 움직이며 책을 읽을 수 있었다.

나에게는 사람들의 약점을 기록한 책이 가장 흥미로웠다.

특히 자연의 기운이 약해져서 생물도 갈수록 안 좋게 태어나게 되었다고 주장한 것이 눈길을 끌었다.

이 책에는 원시 시대에는 사람들의 몸이 지금보다 훨씬 컸을 것이라고 씌어 있었다. 여러 장소에서 발견된 두개골과 뼈가 그것을 증명한다고 주장했다.

'그들은 몸만 큰 것이 아니라 신체도 건강했다. 그래서 지붕에서 떨어지는 기왓장을 맞아도 머리를 다치지 않았다. 강에 빠져도 죽지 않았다.'

등의 얘기였다.

지금의 거인국 사람만 해도 엄청나게 큰데, 거인국 조상들은 대체 어떤 모습이었을까? 나는 기가 질렸다.

뜻밖의 일

어느새 거인국에 온 지도 2년이 지났다. 3년째 접어들자 고국이 몹시 그리워지기 시작했다. 물론, 왕과 왕비의 사랑으로 특별한 대접을 받고 있기는 했다. 그러나 그것은 영국 사람들이 고양이나 개를 귀여워하는 것과 같았다.

왕은 그런 나의 심정을 이해했다. 내가 탔던 것과 비슷한 배를 발견하면 즉시 육지로 끌어올리고, 배에 탄 사람들은 모두 왕궁으로 데려오라고 명령해 두었다. 내게 친구가 필요할 것이라는 뜻에서였다. 그러나 속마음은 나와 같은 진기한 동물들이 새끼를 많이 퍼뜨렸으면 하는 것이었다.

그러나 그것은 당치 않는 왕의 희망 사항이다. 나는 새장 속의 새처럼 살 수는 없었다. 비슷한 사람들과 자유롭게 살고 싶었다. 그런데 이러한 바람은 뜻밖에 이루어졌다.

어느 날이었다. 글룸달클리치와 나는 왕과 왕비를 따라 남쪽 해안에 갔다. 그런데 돌아오는 길에 글룸달클리치가 크게 병을 앓았다. 이 때문에 왕은 어느 성에 머물기로 했다.

나 역시 가벼운 감기에 걸려 있었다. 다행히 심하게 아픈 것은 아니었다. 나는 답답해서 바닷가에 가 보고 싶었다.

그래서 신선한 공기를 마시면 빨리 나을 것이라고 아픈 시늉을 해 왕에게 허락을 받았다.

성에서 바닷가까지는 제법 먼 길이었다. 바닷가에 도착했지만 지쳐서 그냥 누워 있었다. 상자를 들고 왔던 하인은 걱정스러운 눈길로 나를 쳐다보았다. 낮잠을 자면 좀 나을 거라고 말했더니, 그는 춥지 않도록 문을 닫아 주었다.

잠시 후 창문을 통해 보니 하인은 바닷가를 거닐며 무엇인가 줍고 있었다. 그런 모습을 본 후 나는 침대에 누웠다.

곧 잠이 들었다.

잠을 깬 것은, 상자 위에 달아 둔 고리를 세차게 당기는 소리 때문이었다. 상자는 그 소리가 들리자마자 하늘 높이 떠올랐다. 무서운 속도였다. 소리를 질렀지만 아무 소용이 없었다.

창밖을 내다보았으나 구름과 하늘만 보였다.

머리 위에서 날갯짓 소리가 들렸다. 커다란 새가 발톱으로 상자를 채어 날고 있는 듯했다. 생각만 해도 아찔하고 무서운 일이었다. 아마 독수리였을 것이다.

'껍질 속에 웅크리고 있는 거북을 떨어뜨려 그 살을 먹는 것처럼, 상자를 높은 곳에서 떨어뜨려 깨뜨린 후 상자 속의 나를 삼킬 것이다.'

이런 생각을 하고 있을 때였다. 갑자기 날갯짓이 빨라지는 소리가 들렸다. 바람이 세차게 부는 날의 광고 간판처럼 상자가 몹시 흔들렸다. 그런데 이 독수리가 다른 독수리의 공격에 맞서 싸우다가 그만 상자를 놓친 것 같았다.

상자는 1분 이상 계속 떨어지고 있었다. 그러다가 나이아가라 폭포처럼 무시무시한 소리가 들렸다.

바다 표면에 부딪친 것이었다. 아무것도 보이지 않았다.

밑바닥에 쇠판을 대어 놓지 않았으면 상자는 산산이 부서졌을 것이다. 천만다행이었다. 그 쇠판 무게 덕분에 뒤집히지도 않았다. 정말 잘 만든 상자였다. 여닫이가 아니라 위아래로 올리고 내리는 문이라는 것도 큰 행운이었다.

문은 꽉 맞물려서 물이 거의 스며들지 않았다.

가라앉았던 상자는 잠시 후 수면으로 떠올랐다. 그때까지 나는 정신을 잃고 있었다. 눈을 떴을 때는 창문으로 햇살이 비치고 있었다. 독수리의 모습은 보이지 않았다.

천장의 판자를 뜯고 상자 위로 올라가려 했다. 그러나 내 힘으로는 어림없었다. 물도 조금씩 스며들고 있었다.

상자 속에는 먹을 것도 없었다. 며칠만 있으면 추위와 굶주림으로 비참하게 죽고 말 것이었다. 상자는 반쯤 잠긴 채 어디론가 계속 떠내려갔다.

내가 상자 속에서 이렇게 축 늘어져 있을 때였다. 갑자기 상자 위의 쇠고리가 덜컹 소리를 냈다. 그러더니 어디론가 끌려갔다. 나는 억지로 기운을 냈다. 겨우 의자 하나를 떼어 창문 밑으로 갖다 놓을 수 있었다. 그러나 의자 위에 올라서서 소리쳐도 아무도 대답하는 사람이 없었다. 지팡이 끝에 손수건을 매어 창문 밖으로 내밀어 흔들었다. 내가 할 수 있는 것은 다 했지만 아무런 응답이 없었다.

의자에 털썩 주저앉아 이제 어떻게 될까 걱정하고 있을 때였다. 누군가 부르는 소리가 들렸다. 분명히 영어였다.

나는 기쁨에 들떠 어서 구해 달라고 소리쳤다.

상대가 다시 대답했다. 상자는 자기들 배에 붙어 있으며, 곧 나올 수 있도록 톱으로 구멍을 내겠다는 말이었다.

나는 상자의 쇠고리는 손가락 하나만 넣으면 끌어올릴 수 있으니 그럴 필요 없다고 말했다. 그러자 웃음소리가 터져 나왔다. 거인국에서 살다 보니 상대가 나와 비슷한 사람일 거라고는 생각지 못했던 것이다.

마침내 나는 구출되었다. 선원들은 내가 어떻게 상자에 들어가게 되었는지 궁금한 모양이었다. 질문을 연달아 해댔다. 그러나 조그만 사람들에게 일일이 대꾸하고 싶지 않았다. 나와 비슷한 크기의 사람들이 모두 꼬마처럼 보였던 것이다.

선장이 권하는 포도주를 마시고 나니 한결 기분이 좋아졌다. 나는 '상자 속에 화려한 가구가 많다, 벽도 모두 비단으로 덮여 있다, 꺼내 달라.'고 했지만, 선장은 처음에는 믿으려 하지 않았다. 그러나 논리 정연한 나의 말에 마음이 움직였는지 나중에는 부탁을 들어주었다.

나는 배에서 가까운 육지까지 거리가 얼마나 되느냐고 물었다. 적어도 500킬로미터는 떨어져 있다는 것이었다. 믿어지지 않았다. 내가 육지에서 바다로 떨어지기까지는 두 시간 정도밖에 안 걸렸기 때문이다.

그러나 선장은 '이거 진짜 미치광이 아니야?' 하는 표정이었다. 나는 정신이 말짱하다고 말했지만, 선장은 오히려 내가 어떤 나라에서 죄를 지은 게 아니냐고 되물었다. 범죄자에게 음식을 주지 않고 빈 배에 태워 떠내려 보내는 경우가 있으므로 그렇게 물은 것이었다.

기가 막혔지만 화를 낼 일도 아니었다. 나는 차분히 지금까지 있었던 일을 이야기했다. 그리고 상자에서 꺼낸 물건들도 보여 주었다. 왕의 수염으로 만든 빗, 글룸달클리치가 준 바늘(길이 30~40센티미터), 4센티미터 길이의 벌침, 왕비가 준 금반지(왕비는 그것을 내 목에 걸어 주었다.) 등이었다. 선장에게는 감사의 뜻으로 거인국 사람의 이를 선물했다. 그것은 상하지도 않은 이를 치과 의사가 잘못 뽑은 것이었다. 길이는 30센티미터, 굵기가 10센티미터였다.

선장은 내가 말할 때마다 귀가 먹먹하다며 왜 그렇게 큰 소리로 얘기하는지 물었다. 거인국 사람들은 그렇게 귀가 어두우냐고도 물었다. 탑처럼 키가 큰 사람들에게 그렇게 하지 않으면 들을 수 없다고 하자 고개를 끄덕였다.

배가 영국에 닿은 것은 1706년 6월 3일이었다. 거인국에서 나온 지 9개월 만이었다. 집으로 향하는 마차의 창밖 풍경은 장난감처럼 보였다. 길 양쪽에 서 있는 집들과 나무들이 너무 작아서 소인국 릴리퍼트에 다시 온 것 같은 생각이 들었다.

집에 도착하자 하인인 듯한 사람이 문을 열어 주었다.

나는 머리가 부딪칠까 봐 고개를 숙였다. 아내가 안으려 할 때는 무릎보다 더 낮게 머리를 숙였다. 집에 와서도 거인국에서처럼 행동했던 것이다. 습관이나 편견이란 이처럼 무서운 것이다.

어쨌든 여행이란 말로 다 할 수 없는 매력이 있다.

죽을 고비를 넘기고 용케 살아서 돌아왔는데, 나는 집에 온 지 얼마 되지 않아 다시 떠나고 싶었다. 이런 나를 부추긴 것은 로빈슨 선장이었다. 그는 300톤급 배가 곧 동인도로 간다며, 내게 의사로 일해 줄 것을 부탁하였다. 월급을 다른 의사의 두 배를 주겠다는 달콤한 말도 곁들였다.

문제는 가족들을 설득하는 일이었다. 아내는 기를 쓰고 반대했다. 집에 돌아온 지 두 달 만에 다시 떠나겠다고 하니 그럴 만도 했다. 나는, 나의 경험이 아이들에게도 도움이 될 것이라고 아내를 가까스로 설득했다.

제3편

하늘을
나는 섬나라

이상한 섬

　　1706년 8월 5일 영국을 떠난 배는 이듬해인 1707년 4월 11일 인도차이나의 세인트 조지 항구에 도착했다.

　　선장은 이곳에서 3주간 머물기로 했다. 선원들을 쉬게 하고 물건도 구하기 위해서였다. 하지만 돛이 달린 새 배를 사느라 큰돈이 들어갔고, 그 돈을 메우느라 출항 일자가 자꾸 연기되었다. 한두 달 안에 해결될 것 같지 않았다.

　　로빈슨 선장은 나를 새로 산 돛배의 선장으로 임명했다. 무역을 할 수 있는 권한도 주었다. 나를 통해 번 돈으로 빚을 갚고 다시 출항할 생각이었던 것이다.

　　로빈슨 선장의 생각이 어떻든간에 나는 매우 기뻤다.

작은 돛배이지만 선원들이 14명이나 되는 배의 우두머리라니, 기분 좋은 일이었다. 나는 곧 가까운 섬을 돌아다니며 장사를 시작했다. 장사는 제법 잘 되는 듯싶었다. 그러나 사흘째 되는 날 폭풍우를 만나고 말았다. 안간힘을 썼지만 여러 날 계속되는 높은 파도를 견딜 수 없었다. 그런데다가 해적까지 만나게 되었으니, 나의 선장 생활은 한 마디로 '삼일 천하'였던 것이다.

두 척의 해적선이 빠른 속도로 우리에게 다가왔다. 그러나 우리 배는 짐을 많이 실은데다 무장도 하고 있지 않아 제대로 대항할 수가 없었다. 곧 붙잡히고 말았다. 그런데 우리를 꽁꽁 묶은 해적 중의 한 사람이 바다에 던져 버리겠다고 위협했다. 네덜란드 사람인 그는 선장은 아니었지만 꽤 권력을 가진 것 같았다. 그 무렵 영국과 네덜란드는 바다에서 서로 세력 다툼을 벌이고 있었다. 그래서 그런지 그는 '영국과 네덜란드는 친구'라는 나의 말에 화를 내며 욕설을 퍼부었다.

해적선 가운데 더 큰 배의 선장은 일본인이었다. 그는 내가 공손하게 굴면서 묻는 말에 잘 대답하자 목숨은 살려 주겠다고 약속했다. 정말 다행이었다. 그런데 나는 그만 안 해도 될 말을 하고 말았다.

"이웃 나라보다 다른 나라 사람이 더 너그럽다는 것이 마음 아

플 뿐입니다."

엉겁결에 내뱉은 말이었다. 내가 생각해도 참 바보 같은 말이었다. 아니나 다를까, 내 말을 엿들은 네덜란드 해적은 나를 즉시 바다에 처넣으라고 악을 썼다.

일본인 선장이 나서서 말렸으나, 결국 나는 조그만 배에 실려 쫓겨나는 벌을 받아야 했다. 하지만 그것은 그 자리에서 죽게 되는 것보다 더 심한 벌일 수도 있었다.

'나흘치 식량만으로 바다 한가운데에서 과연 어느 정도나 버틸 수 있을까?'

그나마 일본인 선장은 미안했는지 해적 몰래 나흘치 식량을 더 얹어 주었다. 나는 몇 차례의 위험한 고비 속에서도 결국 살아남았던 것을 생각하며 이번에도 그럴 것이라고 믿었다.

그런 믿음 때문이었는지 정말 운 좋게도 바다에 버려진 지 몇 시간 만에 작은 섬들을 발견할 수 있었다. 첫날은 그중 하나의 섬에서 새의 알을 찾아 저녁 식사를 대신했다. 그 뒤 닷새 동안 이 섬 저 섬을 다녀 보았다. 모두 사람이 살지 않는 바위섬이었다. 가장 먼 섬은 다섯 시간 이상 노를 저어 가야 했다. 그 섬 역시 약간의 풀밭 외에는 온통 바위뿐이었다. 나는 동굴을 찾아 남은 음식들을 보관해 두고 그곳에서 잠을 청했다.

육체적으로 지친 것보다 정신적으로 더 불안해서 잠이 오지 않았다. 그래서 거의 뜬눈으로 지샜다.

다음 날, 나는 바위 사이를 걷고 있었다. 그런데 조금 전까지 쏟아져 내리던 햇빛이 갑자기 무엇에 가려졌다. 3킬로미터 가량 높이 떠서 이쪽으로 다가오는 물체 때문이었다. 망원경으로 보니 놀랍게도 하늘을 나는 섬이었다.

거기에는 오르내릴 수 있도록 일정한 간격을 두고 층층이 계단과 회랑 등이 설치되어 있었다.

나는 손수건을 꺼내 흔들며 구해 달라고 소리쳤다.

그러자 나를 발견한 듯한 몇 사람이 부지런히 층계로 올라가는 모습이 보였다. 이들은 곧 신분이 높은 듯한 사람과 함께 다시 나타났다. 아마 나를 본 사실을 보고한 모양이었다. 그 사이에 날아다니는 섬은 어느새 내 머리 위 100미터쯤 되는 곳까지 다가와 있었다.

그러나 나를 본 사람들은 저희들끼리만 뭐라고 얘기를 주고받을 뿐, 별다른 움직임이 없었다. 한참 후에 한 사람이 부드럽게 이탈리아어와 비슷한 외국어로 말을 걸었다.

무슨 말인지는 알 수 없었으나, 손짓으로 보아 해변으로 오라는 것 같았다.

해변을 향해 걸어가자 하늘을 나는 섬도 내 쪽으로 더 가까이 움직였다. 내가 도착하자 곧 의자가 달린 줄을 내려 주었다. 내가 앉자마자 의자는 공중으로 끌어올려졌다.

하늘을 나는 섬 위에 오르자, 기다리고 있던 사람들이 주위로 몰려들었다. 신분이 높은 듯한 사람이 맨 앞에 서 있다가 다가왔다. 그는 나를 보고 무척 놀랐다. 나도 그를 보고 무척 놀랐다. 생김새가 너무 이상했기 때문이다.

하늘을 나는 섬 사람들은 한결같이 머리가 왼쪽 아니면 오른쪽으로 기울어져 있었다. 또 한쪽 눈은 아래에 있고, 다른 쪽 눈은 위를 향해 있었다. 입고 있는 옷에는 해, 달, 별 같은 그림과 잘 알 수 없는 악기들이 수놓아져 있었다.

궁금한 것은, 하인인 듯한 사람이 짤막한 막대기에 매단 바람 주머니였다. 나중에 안 일이지만, 주머니 속에는 콩이나 자갈이 들어 있었다. 그것으로 주인의 입이나 귀를 두드렸다. 하늘을 나는 섬 사람들은 무슨 일에 몰두하는 버릇이 있어서 누가 자극하지 않으면 다른 사람의 이야기를 들을 수 없었다. 그래서 돈 많은 사람들은 '클라임놀(머리를 두드려 주는 사람)'을 하인으로 거느리고 있었다.

클라임놀은 말하려는 사람의 입과 그 말을 들을 사람의 오른쪽 귀를 두드렸다. 주인은 생각에 잠겨 있느라 절벽으로 떨어지기도 하고, 기둥에 머리를 부딪치기도 하고, 하수구로 떨어지기도 하는데, 그런 것을 막아 주는 일을 했다.

왕은 귀족들을 거느리고 앉아 수학 문제를 푸느라 한창 생각에 잠겨 있었다. 그래서 내가 들어오는 것도 깨닫지 못했다. 시종이 입가를 살짝 두드리자 그제야 비로소 고개를 들었다. 내 오른쪽 귀도 두드리려 했지만, 나는 괜찮다고 살짝 피했다.

왕은 신하들과 함께 나를 식당으로 안내했다. 준비해 놓은 요리들의 모양은 별스러웠다. 신기하게도 양고기는 정삼각형, 쇠고기는 마름모꼴, 돼지고기는 원형으로 잘려 있었다. 바이올린 모양의 오리고기, 플루트 모양의 소시지, 하프 모양의 송아지고기도 있었다. 빵은 원통형, 평행사변형 등 수학적인 도형 모양으로 만들어 놓았다.

식사를 마치자 시종이 클라임놀을 데리고 나를 찾았다.

펜, 잉크, 종이, 그리고 서너 권의 책을 들고 왔다. 말을 가르치기 위해서였다. 덕분에 나는 얼마 지나지 않아 하늘을 나는 섬의 언어를 익힐 수 있었다. 덕분에 나라 이름이 '라퓨타'라는 것도 알게 되었다.

다음 날 아침에는 재단사들이 옷을 만들어 주기 위해 찾아왔

다. 이들의 치수를 재는 방식은 독특했다. 먼저 높이를 재고, 자와 컴퍼스로 몸의 부피와 둘레를 쟀다.

그들은 치수를 잰 것을 종이에 꼼꼼하게 적어 두었다.

그러나 엿새 만에 만들어 온 옷은 엉터리였다.

계산하는 도중에 숫자가 틀렸기 때문이었다.

라퓨타는 동북쪽을 향해 빠르게 날고 있었다. 걸리는 것이 없었으므로 340킬로미터를 나흘 만에 비행했다. 그런데도 전혀 흔들림이 없었다.

왕은 날아가는 도중에 한 번씩 섬을 멈추게 했다. 백성들의 의견이나 소원을 듣기 위해서였다. 추를 매단 줄을 몇 가닥 아래로 내려보내면 백성들은 거기에 진정서 따위를 붙여 올려 보내는 것이었다.

우리는 땅 위에 있는 수도 '래가도'에 도착했다.

왕은 귀족들과 관리들에게 둘러싸여 세 시간이나 쉬지 않고 열심히 직접 연주를 했다. 이들의 말에 따르면 '하늘 나라 음악'이라는 것이었다.

이 나라 말은 수학이나 음악에서 비롯된 것이 많았다. 예를 들어 아름다운 겉모습을 칭찬할 때 마름모꼴, 원형, 평행사변형, 타원형 등의 기하학 용어로 표현했다.

목소리는 여러 가지 음악 용어를 사용해 나타냈다.

내가 보기에 집들은 조잡하기 짝이 없었다. 어떤 방이든 직각이 없도록 벽이 경사져 있었다. 왜냐하면 수학을 중요하게 여기면서도 그것을 응용하는 것은 천한 것으로 생각하기 때문이었다. 자와 연필과 컴퍼스를 사용하는 데는 솜씨가 있었지만, 다른 일은 너무 서툴렀다. 상상력이나 공상, 발명 같은 단어를 뜻하는 말조차 없었다.

사람들은 늘 불안에 싸여 있었다. 그들은 해가 계속해서 지구로 다가오고 있으므로 언젠가는 지구를 집어삼키게 될 것이라고 걱정했다. 또 불타는 해의 표면이 재로 덮여 빛을 잃게 되지 않을까도 걱정했다. 오죽하면 아침 인사가 해의 상태가 어떠냐고 묻는 것이었다.

하늘을 날 수 있는 비밀

나는 왕의 허락을 받아 이 섬이 어떻게 하늘을 날 수 있는지 알아보기로 했다. 왕은 친절하게도 선생님 한 명에게 자세히 설명해 주라고 지시했다.

"하늘을 나는 섬의 모습은 원형입니다. 크기는 지름 7,053미터, 면적 4,047만 평방미터(1,224만 평), 두께 270미터입니다. 밑바닥은 평평하고 단단한 금강석 판인데 높이는 180미터입니다. 표면은 바깥쪽에서 중심을 향해 경사져 있기 때문에 빗물이나 이슬이 시내로 흘러 가운데로 모입니다. 이 물은 중심에서 약 180미터 떨어진 네 개의 저수지로 흘러 들어갑니다. 저수지의 물은 태양열로 낮 동안 끊임없이 증발해 넘치지 않습니다.

더욱이 임금님이 구름이나 수증기가 있는 곳보다 섬을 더 높이 뜨게 할 수 있어서 이슬이나 비를 피할 수도 있습니다.

섬의 중심부에는 45미터 정도 움푹 팬 곳이 있습니다. 여기에 천장이 둥근 건물이 있습니다. 건물 지하에는 스무 개의 등불이 켜져 있는데, 이곳에 있는 큰 천연 자석을 이용해 섬을 움직이는 것입니다. 즉 자석의 끌어당기는 쪽을 땅으로 향하면 섬은 아래로 내려가고, 밀어 내는 쪽을 땅으로 돌리면 섬은 떠오릅니다. 자석을 비스듬히 하면 섬도 비스듬히 움직이고, 수평으로 하면 멈춥니다.

그러나 섬이 6,400미터 이상 뜰 수는 없습니다. 그것은 자석의 힘이 미치는 거리를 뜻하는 것이기도 합니다.

자석에 영향을 주는 광석은 해변에서 29킬로미터 떨어진 바닷속에 있습니다. 그러나 이 광석이 세계 곳곳에 퍼져 있는 것은 아닙니다. 임금님이 다스리는 영토 안에만 있습니다.

임금님은 땅 위의 어떤 도시가 반역을 하거나 말을 듣지 않으면 두 가지 방법으로 벌을 줍니다. 하나는, 섬을 그 도시 위로 옮기는 것입니다. 그렇게 되면 도시는 햇빛을 받을 수 없고 비도 맞을 수 없습니다. 그래서 병에 걸리거나 죽게 됩니다. 만약 더 큰 죄를 저지를 경우에는 그 도시 위에 바위를 떨어뜨리기도 합니다. 그것으로도 반란을 멈추지 않으면 섬 자체를 움직여 도시를 박살내는 방법을 사용하지만, 그런 일은 좀처럼 일어나지 않습니다."

선생님은 자세히 설명해 주었다. 그러나 내 생각에는 다른 이유도 있었을 것 같았다.

"파괴하기로 한 도시에 높은 바위나 탑이 많으면 아무리 밑바닥을 180미터 되는 두꺼운 석판으로 만들었다고 해도 충격이 클 것이라고 생각합니다. 또 땅 아래에서 불을 피우면 그 불에 달궈져 폭발할 수도 있을 것입니다. 화가 나도 참으면서 조심스럽게 섬이 내려가도록 명령하는 것은, 임금님이 나라를 사랑해서만은 아닐 수도 있습니다. 그보다는 섬의 바닥이 부서질 것이 두려워서일 거라고 봅니다."

내 얘기를 듣던 선생님은 잘못을 들킨 것처럼 얼굴이 빨개졌다. 한동안 잠자코 있더니 '해도 될 얘기인지 모르겠다.'며 다시 입을 열기 시작했다. 이때부터 선생님은 '임금님'을 '임금'이라고 바꿔 부르기도 했다.

"3년 전, 나라의 종말을 맞은 뻔한 큰 사건을 겪었지요. 임금이 '린다리노'라는 도시를 방문하고 돌아간 지 사흘 뒤였는데, 시장의 횡포에 불만이 많았던 시민들이 그 린다리노시장을 가

두어 버렸습니다. 그러고는 재빠르게 도시의 사방에다 네 개의 커다랗고 뾰족한 기둥을 세웠습니다. 기둥 꼭대기에는 천연 자석을 붙여 두었지요. 그리고 계획이 실패할 경우를 대비해서 태우기 쉬운 연료를 엄청나게 모아 두기도 했습니다.

8개월 후에야 반란이 일어난 것을 알게 된 임금은 매우 화가 났습니다. 즉시 섬을 린다리노시 위에 떠 있도록 명령했습니다. 그러나 린다리노시 중심부에는 강물이 흐르고 있었습니다. 시민들은 식량과 함께 이 물을 저장해 두고 있었던 것이지요.

섬은 도시 위에 머무르며 계속 햇빛과 비를 막았습니다. 그러나 시민들은 전혀 달라지지 않았습니다. 추가 달린 줄을 내려보냈지만 한 사람도 진정서를 올려 보내지 않았습니다. 오히려 세금을 없애 줄 것과 시장을 직접 뽑을 수 있도록 해 달라고 요구했습니다.

마침내 임금은 린다리노시에 돌을 던지라고 명령했습니다. 그러나 시민들은 이미 귀중한 물건들을 튼튼한 건물이나 동굴 속에 옮겨 두었습니다. 공격이 아무 효과도 없자 임금은 탑이나 바위 꼭대기의 36미터 부근까지 섬을 내리도록 명령했습니다. 하지만 기둥 꼭대기에 설치해 놓은 천연 자석 때문에 섬이 제대로 움직이지 않았지요.

섬은 자꾸 아래로만 떨어지고 있었던 겁니다.

이 사건으로 임금은 결국 린다리노시에 자치권을 줄 수밖에 없었습니다. 만일 섬이 린다리노시를 향해 조금만 더 가까이 내려갔다면 다시는 올라올 수 없었을 겁니다."

어쨌든 내가 하늘을 나는 섬에서 형편 없는 대접을 받은 것은 아니었다. 그렇지만 나는 왕과 대신들에 비해 수학과 음악 실력이 모자랐기 때문에 업신여김을 당하기도 했다.

사람마다 소질과 좋아하는 것이 다른 법이다. 그런데 이렇게 다양성을 인정하지 않으니 날아다니는 섬이 점점 싫어질 수밖에 없었다. 나는 하루 빨리 떠나고 싶었다.

그나마 좋은 친구가 있다는 것은 다행이었다. 그는 왕의 친척이 되는 귀족이었다. 천부적인 재능과 기술, 왕에 대한 충성심과 봉사 정신도 갖추고 있었다. 그러나 음악을 잘 몰랐기 때문에 다른 사람들에게 무시를 당하고 있었다.

그는 나의 얘기를 듣기 좋아했다.

어느 날, 내가 섬을 탈출할 수 있도록 도와 달라고 부탁했다. 그는 배울 것이 많은데 아쉽다고 하면서도 기꺼이 부탁을 들어 주겠다고 약속했다.

왕은 그가 음악에 대해 무식한 것을 좋아하지 않았지만, 충성

심은 누구 못지않음을 알고 있었다. 그의 끈질긴 설득에 왕은 고개를 끄덕였다.

마침내 나는 라퓨타를 떠나게 되었다. 2월 16일 이른 아침, 작별 인사를 하자 왕은 영국 돈 200파운드 정도의 가치가 있는 선물을 주었다. 귀족 친구는 수도인 래가도에 살고 있는 '무노디'에게 소개장을 써 주었다.

래가도는 영국 런던의 절반 정도 크기였다. 그런데 건물 모양이 이상하고 하나같이 손질도 되어 있지 않았다.

바삐 오가는 사람들의 옷차림은 대부분 누더기였다. 5킬로미터 밖의 농부들도 열심히 일을 하고 있었지만, 제대로 자란 곡식들이 없었다.

이상하게 생각되어 무노디에게 물었다. 그러자 그 라퓨타를 이해하기에는 내가 머문 시간이 너무 짧다고 말했다. 또 나라마다 관습이 다르다고 대답할 뿐 얼버무렸다. 아마 옆에 있는 사람들을 의식해서였을 것이다. 무노디는 래가도의 총독까지 지냈으나 날아다니는 섬에 있는 대신들의 모함으로 옷을 벗게 된 사람이었다.

별장으로 가는 길에는 몇 군데를 빼고는 풀 한 포기 없었다. 그러나 세 시간 정도를 달리자 풍경이 아주 달랐다. 깨끗하게 지은 집, 잘 가꾸어진 밭과 과수원, 목장들이 보였다.

알고 보니 그곳은 무노디가 관리하는 지역이었다. 그의 집은 정원과 산책길, 현관으로 이어진 가로수 등이 무척 아름답게 가꾸어져 있었다.

저녁 식사를 마치고 주위에 사람들이 없게 되자, 무노디가 비로소 솔직하게 얘기했다. 그는 어쩌면 집을 허물어야 할지도 모른다고 말했다. 그리고 다른 사람들이 짓는 방식대로 집을 다시 짓지 않으면, 건방지다느니 무식하다느니 비난을 받게 될 것이라고 걱정했다. '궁중에 있는 사람들은 자신들이 보고 듣지 못한 것은 인정하지 않는다. 새로운 것에 신경 쓸 여유가 없다.' 그런 얘기였다.

무노디의 말에 따르면 이유가 있었다. 40년 전에 땅 위의 사람 몇 명이 하늘을 나는 섬으로 가 다섯 달쯤 머문 적이 있었다. 이들은 그곳에서 수학 공부를 하고 돌아와 옛날 것은 모두 바꿔야 한다고 주장했다. 그리고 왕의 허락을 얻어 대학도 세웠다.

도시 곳곳에 세워진 대학에서는 여러 가지 연구를 했다. 열 사람이 하는 일을 혼자서 할 수 있는 도구를 제작하고, 일 주일 안에 궁궐을 지을 수 있는 방법, 언제든지 원할 때는 과일이 지금보다 백 배나 더 많이 열리게 하는 방법 등을 연구했다. 그러나

아직까지 완성된 것은 없고, 연구를 하는 동안 나라 경제가 매우 나빠졌다고 한다.

무노디는 옛날 방식대로 일하고 있었다. 그 때문에 미움과 냉대를 받게 되었던 것이다. 그는 집에서 8백 미터 떨어진 곳에 방앗간을 갖고 있었다.

그런데 7년 전 연구자들이 몰려와 방앗간을 헐어 버리라고 했다 한다. 그 방앗간을 부수고 산기슭에 새로운 방앗간을 짓겠다는 것이었다.

이들의 계획이란, 산 능선에 긴 운하를 만들어 기계로 방앗간을 돌리자는 것이었다. '높은 곳에 있는 바람과 공기가 물을 잘 흐르게 한다. 경사를 내려오는 물은 평지의 강물 반 정도만으로도 충분히 방아를 돌릴 수 있다.'는 논리였다.

그러나 2년 동안 백여 명이 동원된 그 공사는 실패로 끝나고 말았다. 연구자들은 모든 책임을 무노디에게 뒤집어씌우고 떠나 버렸다고 한다.

연구소를 구경하다

나는 방앗간 연구 계획을 더 자세히 알아보기 위해 무노디에게 부탁해 연구소를 구경하기로 했다.

될 수 있으면 연구 계획을 잘 알고 있고, 그 계획에 믿음이 강한 사람을 소개해 달라고 요청했다.

연구소에는 연구실이 무척 많았다. 내가 들른 곳만도 500개가 훨씬 넘었다. 연구실 건물은 길을 사이에 두고 양쪽에 하나씩 있었다.

한 연구실에는 오이에서 햇빛을 뽑아 내는 연구를 8년 동안 하고 있는 학자가 있었다. 연구의 최종 목표는 햇빛을 병에 넣어 두었다가 날씨가 좋지 않은 때에 열어서 공급하는 것이었다.

이 학자는 8년만 더 하면 성공할 수 있을 텐데 오이가 비싸서 연구하기 어렵다고 투덜거렸다. 그러면서 나에게 연구비 좀 기부해 달라고 사정했다.

방문하는 사람에게 돈을 달라는 것이 관례라는 것을 아는 무노디가 미리 돈을 주었기에 다행이었다.

다음 방에서는 지독한 냄새가 났다. 그래서 도로 나오려 했더니 안내자가 실례라며 내 팔을 붙잡았다. 이 학자는 얼굴과 수염이 노랗고, 옷이 온통 오물로 더럽혀져 있었다. 똥을 원래의 음식으로 되돌려 놓는 연구를 하는 사람이었다.

다른 방의 눈먼 학자는 역시 눈먼 조수와 함께 그림 물감을 연구하고 있었다. 그들은 손으로 만지는 느낌과 냄새로 빛깔을 알 수 있다고 했다. 그러나 내가 방문한 그날까지도 실패만 되풀이하고 있었다.

어떤 방에서는 얼음을 태워서 화약을 제조하는 연구를 하고 있었다. 또 지붕을 먼저 만든 뒤에 차차 아래로 내려와 기초를 만드는 건축 기술을 연구하는 학자도 있었다.

쟁기와 가축과 인력에 드는 비용을 줄이기 위해 돼지를 동원해서 밭을 가는 방법을 연구하는 학자의 얘기는 재미있었다.

"약 4,000평방미터의 땅에 돼지가 좋아하는 먹이를 15센티미터 간격으로 묻어 둡니다. 그런 다음 600마리의 돼지를 풀어 놓으면 먹이를 찾느라 온통 파헤쳐서 씨를 뿌리기에 딱 좋은 밭을 만들 뿐만 아니라, 자기들의 똥을 비료로 뿌려 놓지요."

그러나 지금까지는 비용만 들고 수고만 했지, 수확은 얻지 못했다고 학자는 말했다.

온통 거미줄로 뒤덮여 있는 방에서 연구하고 있는 학자는 사람들이 오랫동안 누에만을 이용해 실을 뽑아 낸 것을 비판했다.

"거미야말로 실을 뽑아 낼 뿐만 아니라 그것으로 옷감을 짤 줄도 압니다. 빛깔이 아름다운 파리를 먹이면 거미 역시 빛깔 있는 실을 뽑아 낼 것입니다. 또 파리에게 고무나 기름이나, 잘 달라붙는 물질을 먹이면 거미가 뽑아 내는 실도 질기고 윤기가 날 것입니다."

참으로 어이없는 연구를 하는 학자도 있었다. 그는 배가 아픈 것을 고치는 의사로 유명했다.

"길고 가느다란 상아 주둥이를 항문에 20센티미터 정도 집어넣고 바람을 빼면 내장을 홀쭉하게 만들 수 있습니다. 고질병이라면 주둥이를 항문에 집어넣고 바람을 넣었다가 다시 주둥이를 꺼내면 됩니다. 이때 항문으로 바람이 새어 나오지 못하도록 손가락으로 구멍을 틀어막아야 합니다. 몇 차례 반복하면 배 속

으로 들어간 바람이 펌프처럼 뿜어 나오게 되어 있습니다. 그러면서 해로운 물질이 섞여 나오게 됩니다."

그러나 개를 통해 실험한 결과 두 가지 방법 모두 실패했다고 한다. 개는 금세 죽고 말았던 것이다.

생활 개선을 위한 연구실에는 '만능 기술자'라고 부르는 학자가 있었다. 그는 30년간 이 연구실에서 일했다고 한다. 그에게는 조수가 50여 명이나 딸려 있었다. 이들은 몇 사람씩 팀을 이루어 조금씩 다른 연구를 하고 있었다.

한 팀은 공기를 압축시켜서 그것을 손으로 만질 수 있는 연구를 하고 있었다. 다른 한 팀은 대리석을 부드럽게 해서 베개나 바늘꽂이로 만드는 방법을 연구하고 있었다.

또 다른 팀은 말이 절름거리는 것을 막기 위해 말발굽을 돌로 변하게 하는 작업을 하는 중이었다.

만능 기술자는 겨 속에서도 싹이 틀 수 있다고 자랑했다. 실험을 통해 그것을 증명했는데, 나는 잘 이해할 수가 없었다. 그는 고무와 광물과 식물의 혼합물을 발라서 양의 털이 자라지 않게 하는 연구도 하고 있었다.

길 건너의 다른 건물에는 사색적인 학문을 연구하는 학자들이 많이 있었다. 처음 만난 학자는 자기가 만들어 낸 방법을 쓰면 아무리 무식한 사람이라도 철학, 정치, 법률, 수학, 신학 등 갖가지 책을 쓸 수 있다고 했다. 그가 만든 기계는 커다란 철사로 연결된 나무 조각들이었다. 이 나무 조각들의 모든 면에는 종이가 붙어 있었다. 기계를 돌릴 때마다 이 조각들이 뒤집히면서 단어들이 새로운 곳에 들어가게 되어 있었다. 나는 이 학자를 최대한 칭찬했다. 고국으로 돌아가면 발명가로서의 명예와 권위를 갖도록 보장해 주겠다고 약속했다.

언어를 연구하는 곳에서는 명사만 남겨 두고 다른 말은 없애는 작업을 하고 있었다. 최종 목표는 아예 말을 없애는 것이었다. 말을 할 때마다 허파가 움직이는데, 그것을 줄이면 그만큼 건강에도 좋다는 것이었다. 그러나 수다쟁이 여자들이 '말할 자유를 없앤다면 반란을 일으키겠다.'고 위협하는 바람에 연구가 늦어지고 있다고 말했다.

수학을 연구하는 곳도 돌아보았다. 그곳에서는 약용 잉크로 문제와 답을 과자에 써 두고, 그것을 학생들이 먹게 하는 방법으로 공부를 가르치고 있었다. 과자에 발라진 잉크가 머리로 올라갈 거라고 믿고 있었다. 학생들은 사흘 동안 간단한 빵과 물 외에는 아무것도 입에 대지 않는데, 어떤 학생은 여러 끼니의 식사를 거르기도 한다고 했다. 잉크가 머리에 도달하는 데 다른 음식들은 방해가 된다고 생각하는 듯했다. 그러나 이 과자를 먹다가 토하는 학생도 있었고, 결과적으로 성공을 거두지 못했다.

정치를 연구하는 학자들은 나를 우울하게 했다.

이들은 별의별 계획을 다 짜 놓고 있었다. 대개 불가능하고 터무니없는 것이었다. 그것은 인간의 마음속에 들어가야만 할 수 있는 일이었다. 그러나 독창적인 사람도 있었다.

그의 주장을 요약하면 이런 것이었다.

'국회가 열리면 처음 사흘 동안은 회의가 끝난 후 의원들에게 맥박을 재도록 한다. 나흘째 되는 날 병에 따라 약을 준다. 아픔을 멈추게 하는 약, 식욕을 좋게 하는 약, 썩게 하는 약, 설사가 나게 하는 약, 보청기 등 많은 약이 필요할 것이다. 약을 먹은 의원들은 싸움을 줄일 것이다. 말하지 않는 의원은 입을 열고, 너무 말이 많은 의원은 입을 닫게 된다. 젊은 의원의 급한 성격은 차분하게 하고, 늙은 의원의 고집은 꺾게 한다. 어리석은 의원은 분발시키고, 건방진 의원은 기를 꺾을 것이다.

대신들은 잘 잊어버리는 병에 걸려 있다. 그러므로 총리 대신 등을 만날 때는 되도록 간단하고 쉬운 말을 해야 한다.

나올 때는 코를 비틀거나 배를 힘껏 걷어차서 감정을 상하게 만든다. 다시 만날 때까지 이런 동작을 반복한다.

나라의 최고 회의에 참석하는 의원들은 의견을 발표하거나 변호한 후에 그것과는 반대로 투표하도록 한다. 정당들이 싸움을 하면 실력 있는 훌륭한 외과 의사에게 가게 한다.

외과 의사는 두개골의 크기가 비슷한 사람들끼리 짝을 짓게 한다. 그런 다음 뇌를 정확하게 반으로 자른다. 그렇게 해서 한 쪽을 상대 정당 의원의 뇌에 붙인다. 틀림없이 싸움이 사라질

것이다.'

세금 제도를 연구하는 두 학자도 만났다. 한 학자의 주장은 이웃으로 구성된 배심원들이 직접 세율을 정해야 한다는 것이었다. 이어서 그는 나쁜 짓을 하거나 어리석은 행동을 하면 그 정도에 따라 세율도 다르게 해야 한다고 주장했다. 또 다른 학자는 몸이나 마음의 질에 따라 세율을 매겨야 한다고 주장했다.

"세율은 양심에 맡겨야 합니다. 이성의 사랑을 가장 많이 받는 사람이 세금을 가장 많이 내도록 하자는 것입니다. 그러나 특수한 성질을 가진 명예나 지혜, 학식 등은 세금을 매길 수 없겠지요. 왜냐하면 다른 사람들이 그것을 인정하지 않기 때문입니다. 또 여자들의 정조나 기품, 성격 같은 것도 세금을 매기기가 곤란할 것입니다. 그런 것들에 여자들이 세금을 내려 하지 않을 것이기 때문입니다."

마법사들의 섬을 여행하다

래가도에서 240킬로미터 떨어진 곳에 '맬도나다'라는 항구가 있었다. 태평양과 맞닿아 있는 이 항구는 주로 동북쪽에 있는 '럭낵'과 무역을 하고 있었다. 럭낵은 일본에서 남동쪽으로 430 킬로미터 정도 떨어진 곳에 있는 섬으로, 영국에 가려면 이곳을 거치는 것이 편할 듯했다.

무노디와 작별한 나는 맬도나다에 도착했다. 그러나 럭낵으로 향하는 배가 한 달 안에는 없다고 했다.

24킬로미터 남서쪽에 떨어져 있는 '글럽덥드립'이라는 섬으로 가기로 했다. 글럽덥드립은 '마술사의 섬'이라는 뜻이었다.

과일이 풍부한 글럽덥드립은 마술사인 총독이 다스리고 있었

149

다. 궁전은 얼굴이 이상하게 생긴 시종들이 두 줄로 지키고 서 있었다. 총독은 단 둘이 얘기하고 싶다며 주위 사람들을 물리쳤다. 그런데 총독이 손가락을 움직이자 놀랍게도 금세 사람들이 사라졌다. 마치 갑자기 잠에서 깼을 때 꿈속의 장면이 사라지는 것 같았다.

어느 날, 총독은 죽은 사람 중에 만나고 싶은 사람이 있으면 말하라고 했다. 불러 내 줄 테니 하고 싶은 얘기가 있으면 하라는 것이었다. 다만 이들이 살던 시대를 벗어나지 않는 범위 내에서만 물어보라고 조건을 달았다.

'유령의 세계에서는 거짓말이 소용 없다, 물어보면 무엇이든 정직하게 대답할 것'이라고도 강조했다.

나는 먼저 고대 그리스의 영웅 '알렉산더 대왕'을 불러 달라고 말했다. 그러자 총독이 손가락을 움직였다. 정말 알렉산더 대왕이 창문 아래의 넓은 정원에 나타났다. 그리스 말을 잘 알지 못했으므로 알렉산더 대왕의 말을 이해하기는 쉽지 않았다. 그러나 '독약을 마시고 죽은 것이 아니라 술을 너무 많이 마셔 열병으로 죽었다.'는 고백임은 분명히 알 수 있었다.

막 전투를 시작하려는 '시저'와 '폼페이우스'도 만났고, 시저가 승리하는 마지막 장면도 볼 수 있었다. 또 시저와 '브루투스'가

서로 잘 이해하고 있는 것을 보고 기쁘기도 했다. 시저는 자신의 업적이 위대하다고 해도 브루투스의 영광에는 미치지 못한다고 솔직하게 말했다.

나는 로마의 원로원을 커다란 방에 나타나게 하고, 오늘날의 국회를 다른 방에 동시에 나타나게 해 줄 수 있느냐고 물었다. 총독은 가능하다고 대답했다. 둘은 비교가 잘 되었다. 로마의 원로원은 반은 신 같은 사람들과 영웅들의 모임처럼 보였다. 이에 비해 오늘날의 국회는 깡패나 장사치 집단처럼 보였다.

'호메로스'와 '아리스토텔레스'도 보고 싶었다. 이들은 추종자들과 함께 나타났다. 그런데 그 수가 너무 많아 수백명이 궁중 바깥에 머물러 있어야 했다. 한 유령은, 이들이 호메로스와 아리스토텔레스를 무척 따르지만 되도록 그들과 멀리 떨어져 살려고 한다고 전했다.

자신들이 세상에 두 사람의 이야기를 잘못 전한 부끄러움과 죄책감 때문이라는 것이었다.

이 밖에도 나는 '데카르트', '가센디' 등의 철학자는 물론, 여러 방면의 사람들을 불러 냈다. 그야말로 시간 가는 줄 모르는 일이었다.

'엘리오가불루스'의 요리사를 불러 음식을 먹어 보고 싶기도 했다. 그러나 재료가 부족하여 음식을 맛볼 수가 없었다. 스파르타의 국왕 '아게실라우스'의 노예가 대신 국을 만들어 주었으나, 그것은 두 숟가락도 먹을 수 없을 정도로 맛이 없었다.

　영국의 유명한 가문들 중에는 그동안 알았던 것과는 다른 가문도 적지 않았다. 몇 세대에 걸쳐 계속 악당이 나온 가문도 있

었다. 바보나 정신병자도 많아 매우 실망스러웠다. 특히 유명한 대신이나 장군, 그리고 작가들 중에 나라를 팔아먹고 진실을 감추는 사람이 적지 않다는 것에 놀랐다.

여우 같은 여자 한 사람의 음모로 국회가 좌우되고, 겁 많은 장군의 잘못된 지휘로 우연히 전쟁이 승리로 끝나는 경우도 있었다. 그런데도 역사가 마구 엉터리로 바뀌어 있다는 것이 참으로 가슴 아팠다.

맬도나다로 돌아온 나는 보름 동안 편히 쉬었다.

친구들은 고맙게도 내게 럭낵으로 가는 데 필요한 여비까지 마련해 주었다.

맬도나다를 떠난 지 한 달이 지났을 때였다. 무시무시한 폭풍우가 몰아쳐 서쪽으로 뱃머리를 돌려야 했다.

1709년 4월 21일이 되어서야 배는 럭낵의 동남부에 있는 항구 도시에 닿을 수 있었다. 그런데 한 선원이 나를 돈 많은 여행자라고 소개하는 바람에 세관으로부터 철저한 조사를 받게 되었다. 말이 잘 안 통해 함께 배를 타고 왔던 청년 한 명이 통역해 주었다.

나는 세관원에게 네덜란드 사람이라고 국적을 속였다. 목적지가 일본이었고, 그곳에는 네덜란드 사람만 입국할 수 있다는 것을 알고 있었기 때문이다. 그러나 세관원은 어떻게 처리해야 할지 고민이 되었던 모양이다. 왕궁에서 지시를 내릴 때까지 기다리라고 했다.

연락이 온 것은 이틀 뒤였다. 그런데 왕을 만나는 의식이 참으로 치욕적이었다. 아시아의 어느 나라 황제를 만나기 위해서는 고개를 들지 못한 채 수 킬로미터를 허리 숙여 걸어야 한다는 얘기는 들었다. 그러나 그런 정도는 비교도 안 되었다. 럭낵의 왕을 만나기 위해 나는 배를 마룻바닥에 대고 기어가면서 혀로 마루를 핥아야 했다. 이런 행위는 이 나라의 관례라고 했다. 그나마 나는 외국인이라는 점을 고려해서 마루를 특별히 깨끗하게 닦아 놓은 상태였다.

왕을 만나기 전 대신이 말한 '마룻바닥 핥기 방문'은 정말로 끔찍한 것이었다.

"왕의 정치에 반대하는 사람이 방문할 때는 오물을 뿌려 둡니다. 그러면 입에 오물이 들어가게 되지만 침을 뱉거나 입을 씻을 수는 없습니다. 그럴 경우 사형에 처해지기 때문입니다. 그런 상태로 말을 하기란 거의 불가능하지요. 죽이고 싶은 귀족이 있으면 왕은 마루에 독을 발라 놓도록 지시합니다. 그 귀족이 죽고 나면 반드시 마루를 깨끗이 청소합니다. 왕의 너그러움을

보여 주고 생명의 존엄성을 깨우치게 하기 위해서입니다."

나는 전날 밤 배운 대로 왕에게 "하늘보다 고귀하신 국왕께서 태양보다 11개월 보름 더 오래 살기를 바랍니다." 하고 인사했다. 이에 대해 왕이 나에게 몇 마디 했으나 알아들을 수가 없었다. 통역관을 불러야 했다.

통역관은 얘기를 정확하게 잘 전하는 듯했다. 왕은 그를 통해 내 얘기를 들으면서 매우 흥미를 갖는 것 같았다. 그는 한 시간 동안이나 얘기를 나눈 후 나와 통역관이 지낼 곳을 마련해 주도록 명령했다. 그리고 금화가 들어 있는 커다란 지갑을 주기도 했다. 나는 왕의 명령을 따른다는 뜻으로 3개월 동안 럭낵에 머무르기로 했다.

럭낵 사람들은 예의 바르고 친절했다. 동양 모든 나라의 특징인 오만한 태도가 없지는 않았지만, 나와 같은 외국인을 잘 대접해 주었다. 그 덕분에 나는 궁중에 있으면서 많은 귀족들과 대신들을 친구처럼 사귈 수 있었다. 그들 중 한 귀족 친구가 '스트럴드블럭'에 대해 이야기해 주었다. 스트럴드블럭이란 '죽지 않는 사람'이라는 뜻이었다.

"럭낵에서는 왼쪽 눈썹 위에 붉은 점이 있는 아이가 태어나는 경우가 있습니다. 이 은화 크기만 한 점은 아이가 자라면서 색깔이 변합니다. 열두 살이 되면 초록색, 스물다섯 살이 되면 파란색, 마흔다섯 살이 되면 검은색으로 변하지요. 럭낵에 이런 사람이 약 1,100명 정도 있는데, 이중에서 50여 명은 현재 수도에 살고 있습니다. 이들은 혈통과는 상관 없이 우연히 생깁니다. 그러나 스트럴드블럭 사이에서 태어났다고 해도 자녀들은 보통 사람처럼 죽음을 맞습니다."

참으로 부러운 얘기였다. 옛날의 아름다움과 지혜를 이어받을 수 있는 럭낵 사람들은 얼마나 행복할까. 그런데 왕은 왜 이들을 궁중에 두지 않는지 궁금했다. 그러자 귀족 친구가 이상하다는 듯이 되물었다.

"스트럴드블럭으로 태어난다면 어떻게 살고 싶기에 그리 부러워합니까?"

"먼저 부자가 되는 기술이나 방법을 연구하겠지요. 그렇게 절약하고 재산 관리를 잘 하면 200년 안에 럭낵에서 최고 부자가 되어 있을 겁니다. 그리고 예술과 과학을 연구해 존경받는 사람이 되도록 노력할 것입니다. 언어, 관습, 유행, 음식, 오락 등이 변해 가는 것을 자세히 살펴 객관적으로 정확하게 기록하는 일도 할 것입니다. 이것들은 훌륭한 자료가 되어 젊은이들에게 희망을 주겠지요. 또 나처럼 죽지 않는 사람들과 사귀어 서로의 경험과 지식을 나눠 갖도록 하고, 세상이 나빠지는 것을 막기 위해 힘쓰고…….”

내가 신이 나서 말하자, 귀족 친구가 큰 소리로 웃었다.

그런 바람이 무리는 아니지만, 스트럴드블럭이라고 해서 언제까지나 젊게 살 수는 없으므로 오해하지 말라는 것이었다. 그의 말은 이런 것이었다.

‘스트럴드블럭은, 서른 살까지는 보통 사람과 같은 생활을 할 수 있다. 하지만 그 후부터는 우울해지기 시작해서 예순 살이 되면 정신이 이상해진다. 고집이 세고, 욕심이 많고, 애정도 없다. 게다가 시기심이 강해 젊은이를 보면 공연히 화를 낸다. 반면에 노인이 죽는 것을 보면 그렇게 편안히 잠들지 못하는 자신을 슬퍼한다.

럭낵의 법에는 스트럴드블럭이 일반인과 결혼할 경우, 예순 살에 헤어지게 되어 있다. 노망이 든 채로 영원히 죽지 않는 사람이라면, 어떻게 그와 계속 살 수 있겠는가.

스트럴드블럭은 여든 살이 되면 죽은 사람으로 취급한다. 이 때가 되면 그들은 이익을 남기는 것은 어떤 것도 할 수 없다. 토지를 사거나 빌릴 수도 없다. 증인도 될 수 없다. 가난한 스트럴드블럭은 나라에서 도와주지만 구걸은 금지하고 있다. 나이가

들면서 생기는 탐욕을 영원히 계속 부리는 것을 막기 위해서이다.'

왕은 몇 번씩이나 궁중의 중요한 직책을 주겠다며 나를 붙들어 두려 했다. 그러나 일본을 여행하고 싶은 나의 결심이 확고한 것을 알고는 더 이상 권하지 않았다.

그는 기꺼이 일본 국왕에게 보내는 추천장을 써 주었다.

떠날 때는 마흔네 덩어리(럭낵 사람들은 짝수를 좋아한다.)의 금과 붉은 다이아몬드를 선물로 주었다.

1709년 5월 6일, 럭낵을 떠난 나는 일본을 여행하고 나서 네덜란드의 암스테르담으로 갔다.

그 후 1710년 4월 16일에는 영국의 다운즈 항에 도착했다. 5년 6개월 만의 귀국이었다.

제4편

말의 나라

사람 같은 말들

가족들과 함께 즐겁고 한가로운 생활을 한 지 여섯 달째 되던 어느 날이었다. 나는 350톤급 규모의 어드벤처호 선장이 되어 달라는 부탁을 받고 귀가 솔깃했다. 그렇게 큰 배의 선장이 되다니, 뛸 듯이 기뻤다.

배가 포츠머스항을 떠난 것은 1710년 9월 7일이었다.

그러나 불행한 일은 선원 몇 사람이 일사병으로 죽은 것이었다. 그래서 선원을 새로 구해야 했는데, 이것이 화근이었다. 새로 뽑은 해적 출신 선원들이 다른 선원들을 꾀어서 반란을 일으켰던 것이다. 나는 꼼짝없이 묶여 보초의 감시를 받아야 했다.

해적들의 계획은 스페인 배를 습격하는 것이었다.

그러나 인원이 부족했으므로 같이 일할 무리들을 더 모으기 위해 우리 배의 물건들을 팔았다. 나는 컴컴한 선실 속에 갇혀 있어서 나중에야 이 사실을 알았다.

1711년 5월 9일이었다. 반란을 일으킨 해적들은 나를 강제로 보트에 태워 어느 외딴 섬의 해안에 내려놓았다. 도대체 어디가 어디인지 알 수가 없었다. 그러나 반드시 돌아갈 수 있다는 희망은 버리지 않았다.

섬에는 풀들이 무성했다. 조금 더 걸어가니 길이 나타났다. 그런데 바닥에 말 발자국이 수도 없이 찍혀 있었다.

만일 야만인을 만나면 목숨부터 건지는 게 우선이므로 가지고 있는 물건들을 얼른 내놓아야겠다는 생각을 할 때였다. 이상하게 생긴 짐승이 보였다. 나는 좀 더 자세히 관찰하려고 덤불 위에 엎드렸다.

가까이 다가가 보니, 머리, 가슴, 등, 다리, 발의 앞부분에 긴 털이 나 있었다. 얼굴에는 염소 같은 수염도 나 있었다. 털이 나지 않은 살갗은 갈색이었다. 이 짐승들은 사람처럼 두 다리로 서고, 날카로운 발톱으로 다람쥐처럼 날렵하게 나무를 타기도 했다. 머리털은 갈색, 붉은색, 검은색, 황색 등 여러 가지 색깔이었다.

내가 원주민 움막이라도 찾기 위해 그 짐승들의 눈을 피해 막 걸음을 옮겨 놓을 때였다. 마주 오는 짐승 한 마리와 마주치고 말았다. 그 짐승은 깜짝 놀라며 앞발을 치켜들었다. 나는 잽싸게 칼을 뽑았다. 그러나 죽이거나 상처를 입히면 짐승의 주인이 어떻게 나올지 몰라 칼등으로 후려쳤다. 짐승은 비명을 지르며 물러났다.

그 소리를 들었는지 40여 마리나 되는 다른 짐승들이 떼를 지어 몰려왔다. 나는 나무에 등을 기댄 채 짐승들이 못 다가오도록 칼을 휘둘렀다. 그런데 몇 놈이 뒤쪽의 나뭇가지 끝을 휘어잡고 뛰어 올라가더니 내 머리 위에 똥과 오줌을 싸는 것이었다. 냄새가 얼마나 지독한지 질식할 지경이었다.

그런데 어찌 된 일인지 갑자기 짐승들이 모두 흩어져 달아났다. 알고 보니 말을 보고 도망친 것이었다.

말은 놀란 표정으로 내 얼굴을 쳐다보더니 주위를 빙빙 돌았다. 하지만 매우 온순한 동작이었다.

나는 용기를 내어 목을 쓰다듬어 주려고 손을 뻗었다. 순간, 잿빛 말은 눈썹을 찡그리고 앞발을 들면서 서너 번 울부짖었다. 그러자 또 한 마리의 갈색 말이 달려오더니 그 말 앞에 얌전하게 섰다.

두 마리 말은 오른쪽 발굽을 가볍게 부딪치며 몇 차례 울음소리를 냈다. 뭔가 심각한 문제를 의논이라도 하는 듯했다.

내가 떠나려 하자 처음에 온 잿빛 말이 이상한 소리로 다시 울부짖었다. 나를 못 가게 하는 것 같았다.

그래서 가만히 있었더니 두 마리 말이 가까이 다가와 내 얼굴과 손을 뚫어지게 바라보았다. 그러더니 모자와 옷을 만져 보고는 놀라는 표정을 지었다. 또 손을 만져 보고는 부드러움에 감탄하는 듯했다. 구두와 양말은 무엇인지 모르겠다는 듯 고개를 갸우뚱거렸다.

두 마리 말은 아주 영리하고 예의가 바른 듯했다. '나를 태워 마을로 데려다 주면 팔찌와 칼을 주겠다.'고 말하자, 두 마리 말은 서로 울부짖었다. 아마 의논을 하는 모양이었다. 말들은 몇 번씩이나 '야후'라고 울부짖었다. 무슨 뜻인지 알 수 없었지만 나는 속으로 발음을 연습해 보았다.

내가 흉내를 냈더니 말들이 깜짝 놀랐다. 잿빛 말은 '야후' 하고 다시 울부짖었다. 올바른 발음을 가르쳐 주려는 것 같았다. 옆에 있던 갈색 말은 '휴이넘'이라는 말을 반복했다. 따라 해 보라는 뜻이었다. 두세 번 연습하고 나자 발음이 훨씬 나아졌다. 그러자 그들은 내 능력에 놀라는 눈치였다.

잠시 후 갈색 말과 헤어진 잿빛 말은 나에게 앞장서라는 몸짓을 했다. 나는 시키는 대로 따랐다.

피곤해서 천천히 걸어가자고 제의하자, 잿빛 말은 조용히 내곁에 머물러 있어 주기도 했다.

4킬로미터쯤 가자 긴 목조 건물이 나왔다. 땅바닥에 말뚝을 박아 나뭇가지와 수수깡 등으로 벽을 엮은 것이었다. 낮은 지붕은 짚으로 덮여 있었다. 방바닥에는 부드러운 진흙이 깔려 있고, 한쪽 구석에는 선반과 여물통이 길게 놓여 있었다.

방에는 세 마리의 망아지와 두 마리의 암말이 있었다.

몇 마리는 사람처럼 엉덩이를 바닥에 대고 앉아 있었고, 나머지 말들은 집안일을 하고 있었다.

나는 가축에 지나지 않는 말들을 이렇게 잘 교육시킨 사람이 누구인지 무척 궁금했다.

이 방 건너편에는 방이 세 개 더 있었다. 마지막 방에 가기 위해서는 이 세 개의 방을 통과해야 했다. 두 번째 방을 지나 막 세번째 방으로 다가갈 때 잿빛 말이 기다리라는 신호를 보냈다.

나는 두 번째 방에서 주인을 기다리며 그에게 줄 선물을 준비했다. 그러는 동안 다른 말이 울부짖는 소리가 서너 번 들렸다. 잿빛 말보다 조금 더 날카로운 소리였다.

　나는 이처럼 만나는 절차에 시간이
걸리는 것을 보고 주인이 꽤 높은 사람
일 것이라고 생각했다. 그러나 그런 사
람이 말을 하인처럼 거느리며 산다는
것은 이해하기 어려웠다.

　이윽고 잿빛 말이 세 번째 방으로 들
어오라는 신호를 보내 왔다. 방에는 아
름다운 암말이 새끼 망아지들을 데리고
깨끗한 깔개 위에 앉아 있었다.

　암말은 일어나 내 얼굴과 손을 자세
히 살폈다.

　그러더니 잿빛 말에게 뭐라고 작게
말했다. 잿빛 말과 암말은 몇 번이나
'야후'라는 말을 주고받았다.

　잠시 후, 나는 집에서 조금 떨어진 마

당으로 안내되었다.

마당 한쪽 구석에는 건물이 있었는데, 그곳에는 이 나라에서 처음 보았던 이상한 동물 세 마리가 나무 뿌리와 고기를 먹고 있었다. 그들은 주로 당나귀나 개고기를 먹고, 사고나 질병으로 죽은 짐승들의 고기도 가끔 먹었다.

잿빛 말이 뭐라고 울부짖자 갈색 말이 나타났다. 행동으로 보아 갈색 말은 잿빛 말의 종이거나 부하인 듯했다. 잿빛 말이 또 한 번 울부짖자, 갈색 말은 이상한 짐승 중에서 가장 큰 놈을 골라 밖으로 끌어 냈다. 그러고는 그 짐승과 나를 나란히 세웠다. 말들은 여기에서도 '야후'라는 말을 되풀이했다.

비로소 나는 어떤 사실을 깨닫고 몸서리쳤다. 그 흉측한 짐승은 사람과 똑같은 모습이었다. 넓죽한 얼굴, 움푹 꺼져 있는 코, 두꺼운 입술, 커다란 입이 미개한 야만인의 특징 그대로였다. 이 짐승을 '야후'라고 불렀던 것이다.

야후의 앞발은 내 손과 비슷했다. 다만 긴 손톱과 거친 갈색 손바닥, 손등의 긴 털 정도만 차이가 날 뿐이었다.

발도 마찬가지일 테지만, 내가 양말과 구두를 신고 있어서 말들이 알아차리지 못했다.

갈색 말은 야후들이 먹고 있던 나무 뿌리를 발굽과 발목 사이에 끼워 나에게 내밀었다. 나는 그것을 두 손으로 받아 냄새를 맡아 본 다음 점잖게 돌려주었다. 이번에는 야후의 우리(사람의 집과 비슷하다.)에서 당나귀 고기 같은 것을 가져왔다. 역시 구역질이 났다. 내가 고개를 돌리자 갈색 말은 어디론가 나가더니 이번에는 마른 풀과 귀리를 가져왔다. 그러나 그것 역시 먹을 수가 없었다. 나는 비로소 나와 같은 사람들을 못 만나면 굶어 죽게 될지도 모른다는 생각이 들었다.

야후를 돌려보낸 잿빛 말은, 눈을 크게 뜨고 입을 쩝쩝거리는 시늉을 했다. 무엇이 먹고 싶으냐고 묻는 듯한 몸짓이었다. 어떻게 대답해야 좋을지 몰랐다. 그때 마침 암소 한 마리가 지나가고 있었다. 나는 손가락으로 암소의 젖을 가리켰다. 그제야 잿빛 말은 내가 원하는 게 무엇인지 알아차린 것 같았다. 곧이어 집 안으로 데려가더니 나무와 흙으로 만든 항아리에서 우유를 퍼 내게 주었다.

점심 무렵에는 네 마리의 야후가 끄는 썰매를 타고 신분이 높은 늙은 말이 왔다. 잿빛 말은 점잖아 보이는 늙은 말을 공손히 맞아들였다.

방에 들어온 늙은 말은 잿빛 말의 식구들과 함께 귀리를 넣고 끓인 우유를 먹었다. 늙은 말은 따뜻한 것을 먹고, 나머지 말들은 차가운 것을 먹었다. 여물통은 방 가운데에 둥그렇게 놓여 있었다. 말들은 모두 짚으로 만든 자리에 엉덩이를 대고 앉아 있었다. 꼭 사람 같은 행동이었다.

그런데 이야기를 주고받던 잿빛 말이 장갑을 끼고 있는 나를 보고 놀라는 표정을 짓더니 얼른 발굽을 장갑에 갖다 대었다. 나는 눈치로 장갑을 벗어 주머니에 넣었다.

그러자 잿빛 말이 흐뭇한 듯 웃었다.

나는 식사를 마치고 손님이 돌아가기를 기다렸다가 귀리를 달라고 손짓했다. 잿빛 말은 흰색 암말에게 귀리를 나무 쟁반에 담아 나에게 주라고 명령했다. 그러고는 내가 귀리를 갈아 빵을 만드는 것을 신기한 듯 구경했다.

밤이 되자 잿빛 말은 야후의 집과는 떨어져 있는 곳에 잠자리를 마련해 주었다. 나는 짚을 깔고 옷으로 몸을 덮고 자야 했다.

인간과 야후

잿빛 말과 식구들, 갈색 하인 말은 나에게 자기들의 말을 열심히 가르쳐 주었다. 이 덕분에 사람 같은 행동을 하는 말들을 '휴이넘'이라고 하는 것도 알게 되었다.

휴이넘들은 내가 '야후'와 같은 종류의 짐승인 줄 알았던 모양이다. 처음에 업신여겼던 것도 그래서였다. 그러나 언어를 금방 익히는 것을 보고 생각을 바꾼 듯했다. 수첩에 적어 가며 말을 익히는 것을 보고는 더욱 놀라워했다.

나는 언어를 익히는 데는 소질이 있다. 여러 이상한 곳에 갔어도 그 나라와 그 지방의 언어를 빨리 배웠다. 말의 나라에서도 마찬가지였다. 석 달쯤 지나자 잿빛 휴이넘(앞으로 주인이라고 부르겠다.)과 웬만큼 의사 소통을 할 수 있을 정도가 되었다.

주인은 무엇보다 내가 입은 옷을 이해하지 못했다. 그는 옷을 내 몸의 일부라고 생각했다. 그도 그럴 것이, 나는 주인 가족들이 잠들기 전에는 옷을 벗지 않았고, 이들이 일어나기 전에 옷을 입었기 때문이다.

또 주인은 내 배를 타고 바다를 건너왔고, 강제로 선원들이 이곳에 내려놓았다고 한 나의 말을 믿지 않았다. 그런 것들은 '존재하지 않는다.'고 대꾸했다. 이 나라에는 거짓말이라는 단어가 없기 때문에 존재하지 않는다고 한 것이었다.

휴이넘의 나라에서 야후는 가장 악독하고 길들이기 힘든 짐승으로 알려져 있었다. 나는 말을 잘 알아듣는 영리한 야후로 소문이 나 있었다. 사방에서 휴이넘들이 몰려와 귀찮을 지경이었다. 그러나 나는 웬만하면 이들의 물음에 성실하게 대답했다. 휴이넘들도 이런 나를 여느 야후와는 다르다고 생각했다. 주인역시 마찬가지였다. 더구나 주인은 옷의 비밀까지 알게 되었다.

어느 날 새벽, 옷을 벗고 자고 있는데 하인 휴이넘이 주인의 심부름으로 내 방에 들어왔다가 나를 보고 깜짝 놀랐다. 여태까지 보아 왔던 것과는 다른 모습이었기 때문이다.

하인의 말을 들은 주인은 어떻게 해서 낮과 밤의 모습이 달라질 수 있는지를 물었다. 나는 야후와 다르게 보이게 하기 위해 그동안 옷을 벗지 않았다고 말했다. 그러면서 옷은 추위나 더위를 막아 줄 뿐 아니라, 멋을 내거나 신분을 나타내거나 예의를 갖추는 데도 쓰인다고 얘기했다. 궁금하다면 자연이 숨기라고 가르친 부위만 빼고 벗어 보일 수 있다고도 말했다. 그러나 주인은 자연이 준 것을 왜 감추는지 이해하지 못했다.

내가 옷을 벗자 주인은 몸 구석구석을 들여다보고 만져 보기도 했다. 나는 창피하기도 하고 춥기도 해서 몸을 떨었다. 눈치를 챈 주인은 다시 옷을 입으라고 했다.

옷을 입은 나는, 앞으로는 야후라고 부르지 말아 달라고 부탁했다. 옷에 대한 이야기도 다른 휴이넘들에게는 하지 말아 달라고 했다. 주인은 알았다며 고개를 끄덕였다. 그러면서 주인은 가족과 하인들을 불러 나에게 특별히 정중하게 대하라는 말을 덧붙였다.

나는 주인과 함께 지내면서 많은 이야기를 나누었다.

주인은 커다란 상자(배)에 관심이 많았다. 그 상자를 누가 만들고, 어떻게 손수건(돛)을 달아서 나아가게 할 수 있는지 궁금해했다. 또 영국에서는 어째서 휴이넘들이 야후에게 배를 맡겨 둘 수 있는지 의아해했다.

하지만 대답하기 곤란한 질문이었다. 무슨 말을 듣든지 화를 내거나 벌하지 않겠다고 약속하면 말하겠다고 대답했다. 주인은 귀엽다는 듯 빙긋 웃었다. 그러면서 그런 일은 없을 테니 안심하라고 말했다.

"배를 만드는 것은 야후가 아니라 나와 같은 종족인 인간입니다. 또한 인간들은 영국뿐 아니라 다른 여러 나라에도 많이 살고 있습니다. 인간들이 기르는 것은 휴이넘이 아니라 말입니다. 말은 사람을 태우거나 짐을 실어 나르거나 마차를 끌기도 합니다. 모두 주인인 사람을 위해 하는 일이지요. 믿어지지 않겠지만 사실입니다. 휴이넘들이 야후 같은 저를 보고 놀란 것처럼, 저도 말 같은 휴이넘을 보고 놀랐습니다. 야후가 여러 가지 면에서 인간과 비슷하지만, 만일 야후의 조상이 인간이라면 어떻게 해서 그렇게 퇴화했는지는 저도 모르겠습니다."

내 말을 들은 주인은 좀 화가 나는 모양이었다. 잘 참는 것 같았지만 목소리가 점점 커졌기 때문에 알 수 있었다.

주인이 반박했다.

"야후들이 어떻게 감히 휴이넘의 등에 올라탈 수 있단 말이오? 가장 힘이 약한 휴이넘의 등에 가장 힘센 야후가 탔다고 해도 휴이넘은 야후를 흔들어 떨어뜨릴 수 있지 않습니까? 밟아 죽일 수도 있고…….”

　나는 경주를 하거나 마차를 끄는 말들은 거세한다는 사실도 알려 주었다. 온순하게 길들이기 위해 대개 두 살 정도에 거세한다고 덧붙였다. 주인의 얼굴이 점점 일그러지고 있었다. 그러더니 참을 수 없다는 듯 이렇게 쏘아붙였다.

　“인간이라는 동물은 앞발(주인은 이런 표현도 적절하지 못하다고 했다.)이든 뒷발이든 쓸모가 없소. 앞발은 너무 약해 덮개를 씌워 보았자 뒷발처럼 튼튼해지질 않소. 뒷발 역시 하나라도 다치면 쉽게 넘어지게 되어 있고. 덮개가 없다면 딱딱하고 날카로운 돌을 견디지도 못할 것이오. 눈은 정면에 붙어 있어서 고개를 돌리지 않으면 옆을 볼 수 없소. 자연이 준 몸은 더위와 추위를 견딜 수 있도록 되어 있는데, 불필요하게 옷을 입고 있지 않소?”

　주인이 말하는 앞발의 덮개는 장갑, 뒷발의 덮개는 구두를 일컫는 것이었다.

　나는 여러 나라에 대해 설명하면서 전쟁에 대한 것도 말했다. 주인은 눈을 동그랗게 뜬 채 나의 말에 귀를 기울였다.

　“전쟁이 일어나는 이유는 여러 가지입니다. 영토에 대한 욕심 때문일 수도 있고, 왕이 자기를 반대하는 세력을 억누르거나 국민들의 관심을 다른 곳으로 돌리기 위해서 일으키기도 하지요.

썩어빠진 관료들이 전쟁의 원인이 되기도 합니다. 어느 편에도 속하지 않는 땅을 서로 차지하려다가 일어나는 수도 있고, 싸움을 걸어올까 봐 겁이 나서 먼저 일으키는 수도 있습니다. 어떤 때는 왼쪽 이웃 나라가 오른쪽 이웃 나라와 싸울까 봐 왼쪽 이웃 나라를 공격하기도 합니다. 상대가 너무 강해서 전쟁을 일으킬 수도 있고, 너무 약해서 일으킬 수도 있습니다. 자기 나라에는 없고 상대 나라에는 있기 때문에 일으킬 수도 있지요. 자기 나라에는 있는데 상대 나라에는 없는 경우에도 전쟁은 일어납니다. 상대 나라가 너무 가난하거나 너무 저희들끼리 싸울 때에도 마찬가지입니다. 너무 무식하거나 야만적일 때는 그들을 해방시켜야 한다는 이유로 전쟁을 일으킵니다. 하지만 사실은 노예로 만들기 위해서입니다. 그리고 한 나라가 다른 나라의 공격을 받을 때, 또 다른 나라에 도움을 청하기도 합니다. 그러면 또 다른 나라는 침입자인 다른 나라를 몰아 낸 후, 도와 달라고 했던 나라의 영토를 차지하기도 합니다. 유럽에는 거지 같은 왕도 있습니다. 전쟁을 할 만한 힘이 없기 때문입니다. 그래서 이런 왕은 자기 나라 군대를 잘사는 나라에 보내고 그 대가를 받습니다. 하지만 그 대가 중 4분의 3은 왕이 차지합니다."

그러나 내 얘기를 들은 주인은 그런 일들은 '있을 수 없다.'고

대꾸했다. 얼굴이 평평해서 서로 물어뜯을 수 없고, 발도 약한데 어떻게 그렇게 많이 죽일 수 있느냐는 것이었다.

나는 대포와 총, 칼, 화약 등의 갖가지 무기를 설명하며 그것들이 얼마나 무서운지 말했지만, 주인은 들으려 하지 않았다.

화제를 돌렸다. 내가 탔던 배의 선원 중에는 지은 죄를 피해서 조국을 떠난 사람도 있다고 말했다.

그랬더니 주인은, 법은 인간을 보호하기 위해 만들었다면서 어떻게 파멸로 몰아넣느냐고 의아해했다. 나는 모든 것이 욕심 때문이라고 말했다.

"욕심쟁이들이 남의 물건을 훔치거나 빼앗고, 약한 여자를 겁탈하기도 하지요. 더러는 습관적으로 거짓말을 하고 때리거나 죽이기도 합니다. 이런 짓을 하는 야후 같은 사람을 벌주기 위해 만든 것이 법입니다. 그러나 법은 힘있는 사람 앞에서는 약하고, 힘 없는 사람에게는 힘을 쓰는 경우가 많습니다."

내 말에 주인은 고개를 갸웃거리며 물었다.

"도대체 법은 누가 만들고 누가 집행하는 겁니까?"

나는 법에 대해서는 잘 모르지만 아는 것만 얘기하겠다고 말했다. 간추리면 이런 것이었다.

'어릴 때부터 흰 것을 검다 하고, 검은 것을 희다고 증명하는

방법을 배우려는 사람들이 많다. 돈을 많이 벌기 위해서이다. 예를 들어, 내 소가 탐이 난 사람이 그것을 빼앗기 위해 변호사를 산다. 스스로 말하는 것은 법에 어긋나므로 이를 막기 위해 나도 변호사를 사야 한다. 그런데 변호사들은 올바른 일에는 실력을 잘 발휘하지 못하고, 일을 천천히 진행시킨다. 빨리 진행시키면 법률과 관련된 업무를 줄인다고 다른 변호사들에게 미움을 받게 되기 때문이다. 소에게 조금이라도 피해가 덜 가게 하려면 두 가지 가장 빠른 해결 방법이 있다. 돈을 많이 주어 상대방 변호사를 사는 것이 그 하나이고, 또 하나는 나의 변호사에게 내가 부당한 것처럼 서류를 꾸미게 해서 소가 상대방에게 넘어가도록 하면 된다. 판사는 죄 지은 사람만 재판하는 것이 아니다. 재산 싸움을 해결하기도 한다. 이런 일은 대개 늙거나 게으른 변호사가 맡는다. 이들은 옳고 그른 것을 따지지 않는다. 과거 판결이 중요하고, 그것이 현재 판결의 기준이다. 소에 대해서도 무슨 근거로 자신의 것이라고 주장하는지에는 관심이 없다. 가죽 빛깔이 붉은지 검은지, 뿔이 긴지 짧은지, 어떤 질병에 약한지 등 사소한 것을 알고 싶어 한다. 그런 다음 과거 판결의 예를 찾거나 다음으로 미룬다. 판결은 10년, 20년, 혹은 30년이 걸릴 수도 있다. 다만 국가에 대한 반역죄나 왕을 모독한 죄는 매우 신속하게 처리된다. 법을 다루는 사람들은 그들만이 잘 아는 언어를 사용한다. 보통 사람들은 읽어 봐도 뜻을 이해하기 어렵다. 어려운 용어를 쓰는 것을 보면 지식이 많아 보이지만, 사실 다른 것에는 무식하기 짝이 없는 사람들이다.'

영국의 생활에 대해 이야기하다

주인은 법을 다루는 사람들이 오히려 법을 어기는 까닭을 이해하지 못했다. 더욱이 그런 변호사를 돈을 주고 사야 한다니, 더욱 알 수 없다는 반응이었다. 돈에 대해서도 나의 얘기를 잘 알아듣지 못했다.

"돈을 많이 가지고 있다면 사람 사는 세상에서는 거의 모든 것을 살 수 있습니다. 그러나 돈을 많이 갖기란 결코 쉽지 않습니다. 가난한 사람이 1,000명이라면 부자는 한 명뿐이기 때문입니다. 가난한 사람들은 부자들에게 적은 돈을 받고 일하면서 그들을 더욱 부자가 되게 하지요. 부잣집 사람이 아침 식사를 하고 차를 마시기 위해서는 다른 가난한 사람들이 지구를 세 바퀴 돌아야 할 정도입니다."

내가 이렇게 얘기하자 주인은 눈만 멀뚱거렸다. 모든 동물, 더
구나 다른 동물을 지배하는 동물은 땅에서 나오는 모든 것을 똑
같이 나누어 사용할 권리가 있다는 것이었다.

나는 의사 얘기도 했다. 그러나 엄청나게 많은 질병을 일일이
다 얘기할 수는 없었다. 다만 병은 기본적으로 음식을 잘못 먹
어서 생기는 것이라고 말했다. 이런 것이었다.

'입으로 나오게 하든 항문으로 나오게 하든 의사에게는 배설
이 중요하다. 그래서 의사는 지독한 냄새나 구역질나는 맛을 내
는 복합 물질을 만든다. 위장은 이런 것을 싫어하기 때문에 토
해 버린다. 독약을 섞어서 위장을 괴롭게 하는 방법도 있다. 입
으로든 항문으로든 이것을 집어넣어 배의 긴장을 풀게 하는데,
이것을 설사나 관장이라고 한다. 진단을 잘 하는 의사가 좋은
의사이다. 병이 심해지면 의사는 죽게 될 것이라고 예언한다.
그런 경우는 거의 없지만, 죽을 거라고 했는데도 살아나는 수가
있다. 그래도 환자는 의사를 나무라지는 않는다. 살아나게 하는
치료법을 개발했다는 의사의 말에 오히려 감사한다.'

나라에서 제일 높은 장관이 될 수 있는 방법도 얘기했다. 첫째
는 아내, 딸, 여동생 등 여자 가족을 신중하게 다루라는 것, 둘

째는 앞서 지낸 장관을 배반하거나 헐뜯으라는 것, 셋째는 여러 사람이 모인 데서 왕을 칭찬하라는 것 등이었다. 또 장관이 된 뒤의 행동에 대해서도 말했다.

"장관이 되면 권력을 마음껏 이용해 돈을 모읍니다. 그 돈으로 의원들의 마음을 사는 경우가 대부분입니다. 한편으로는 퇴직할 때를 대비해 차곡차곡 저축하기도 합니다. 장관의 사무실에서 일하는 사람들은 장관을 닮아 지역의 관리가 되기도 하고, 어떤 사람은 장관을 밀어 내고 그 자리에 앉기도 합니다."

내 말을 듣고 있던 주인이 갑자기 영국의 귀족 얘기를 꺼냈다. 내가 틀림없이 귀한 가문에서 태어났을 것이라고 말했다. 그러면서 휴이넘의 예를 들었다.

"휴이넘을 자세히 보면 빛깔이 서로 다르다. 처음부터 동등하게 태어나지 않는다. 그 때문에 종은 늘 종의 신분이 지속된다. 신분을 벗어나기 위해 노력하지도 않는다."

듣고 있으려니 주인은 여전히 나를 야후로 생각하는 듯했다. 다만, 그중에서 귀족 야후라고 여기는 모양이었다. 나는 고개를 가로저으며 서민 출신이라고 강조했다.

"영국의 귀족들은 어릴 때부터 게으르고 사치를 부립니다. 성년이 되자마자 술과 방탕한 생활에 정력을 낭비하며, 나이가 들면 몹쓸 병을 얻게 되지요. 파산할 정도가 되면 그동안 쳐다보지도 않던 여자와 결혼하는 경우도 적지 않습니다. 이 모든 것이 순전히 돈 때문이라고 생각합니다.

귀족들은 금방 병원에서 나온 사람처럼 얼굴이 창백해 보여야 합니다. 건강하고 튼튼한 외모가 오히려 귀족에게는 수치스러운 일입니다. 또 우울하고 무식하고 경솔하고 자만심에 가득 차 있어야 귀족답습니다. 그런데 그들 없이는 법을 만들거나 없애거나 고칠 수 없으니 문제입니다. 재산에 대한 결정 권한도 모두 다 귀족들이 차지하고 있습니다."

나는 주인과 이야기하는 동안 새로운 사실을 깨달았다. 인간을 다른 각도에서 보게 된 것이다. 이제까지 알지 못했던 인간의 약점을, 주인을 비롯한 '휴이넘'들을 통해 깨닫게 되었던 것이다. 내가 영국에 대해 이렇게 거리낌 없이 말할 수 있었던 것은 이유가 있었다.

어느 날, 주인은 내가 말한 영국인과 야후들이 비슷하다고 말했다. 이를테면 다섯 마리의 야후에게 50마리 몫의 먹이를 던져 주면 저마다 많이 차지하려고 싸움을 벌인다는 것이었다.

그 때문에 하인을 시켜 감시해야 하고, 집 안에서 기를 때는 서로 떼어서 묶어 놓아야 한다고 말했다.

주인은 빛나는 돌에 대해서도 얘기했다. 아마 다이아몬드를 말하는 듯했다.

"야후들은 빛나는 돌을 무척 좋아합니다. 이 돌을 발견하면 며칠 동안 쉬지 않고 발톱으로 파내어 집에 무더기로 쌓아 놓습니다. 그러고는 누가 빼앗아 갈까 봐 살이 빠질 정도로 걱정합니다.

언젠가 그 돌을 몰래 숨긴 일이 있었습니다. 그랬더니 야후들은 가족끼리 물어뜯으며 소란을 피웠습니다. 나중에는 아무것도 먹지 않고, 자지 않고, 일도 하지 않았습니다. 다시 돌을 제자리에 놓았더니 금세 기운이 되살아났지요. 빛나는 돌이 많은 곳에서는 야후들의 싸움이 그치지 않습니다. 서로 다투고 있으면 다른 야후가 그 틈을 타 빼앗아 가는 일도 흔합니다."

주인은 먹으면 어지러워지는 물이 나오는 뿌리 얘기도 했다. 그것이 아마 내가 말하는 술 같다고 했다. 야후들은 그 뿌리를 찾아 빨아먹고는 서로 껴안거나 울부짖거나 갑자기 웃거나 비틀거린다고 한다. 그러다가 쓰러져 흙탕 속에서 잠드는 일도 많다고 했다.

병에 걸리는 생물은 자기들 나라에서 야후밖에 없다고 주인은 말했다. 병을 낮게 하기 위해서는 병에 걸린 야후의 똥과 오줌을 섞어 만든 약을 강제로 먹인다고 한다. 나는 이 약을 영국 사람들에게 권하고 싶었다.

아무튼 주인의 얘기를 듣고 보니 야후의 행동이나 생각은 인간과 비슷한 점이 많았다. 그런 하등동물인 야후가 휴이넘의 멸시와 지배를 받는 것은 어쩌면 당연했다.

내가 보기에 휴이넘들은 태어날 때부터 착하다. 이들은 기본적으로 우정과 사랑을 갖고 있다. 아무리 먼 곳에서 온 휴이넘이라도 가족처럼 대한다. 그래서 휴이넘들은 어디를 가도 자기 집에 있는 것처럼 지낼 수 있다.

다른 집 식구들에게도 제 가족과 다름없는 애정을 준다.

휴이넘들이 사는 나라에서는 4년에 한 번씩 온 나라의 대표들이 모여 대엿새 동안 회의를 한다. 대표들은 이 회의에서 자신의 지방 형편 이야기를 하는데, 이때 마른 풀이나 귀리, 소나 야후 등이 충분한지 조사한다. 모자라는 지방은 거의 없지만, 어쩌다 그런 지방이 있으면 서로 나누어 준다. 자식이 둘 다 수컷이면 둘 다 암컷인 휴이넘 가족과 하나씩 바꾸기도 한다.

다시 가족을 만났으나

내가 머물고 있는 동안에도 휴이넘들의 대표 회의가 열렸다. 주인도 지역 대표로 참석했는데, 가장 큰 문제는 야후 처리에 관한 것이었다.

"야후처럼 더럽고 흉한 동물은 없습니다. 게다가 남의 것을 빼앗고 짐승을 함부로 죽이므로 잡아서 없애 버려야 합니다."

대부분 이렇게 주장했으나, 주인은 좀 다른 의견을 냈다.

"처음 발견된 두 마리의 야후는 바다를 건너온 것 같습니다. 동료들에게 버림을 받은 그들은 산으로 들어갔고, 세월이 흐르는 동안 점점 퇴화해 원래 살던 종족들보다 더 야만적으로 변한 것 같습니다. 이제까지 우리가 알고 있던 야후와는 다른 야후(나를 두고 하는 말이었다.)가 그것을 증명합니다."

주인은 나에게 들은 얘기를 근거로 회의에 참석한 휴이넘들을 설득했다. 그러나 나를 보호해 주기 위해서 한 이 말이 불행의 시작이었음을 나중에야 알게 되었다.

그 후 집에 돌아온 주인은 휴이넘들의 생활에 대해 자세히 설명해 주었다.

"휴이넘들에게는 문자가 없어, 모든 지식은 입에서 입으로 전해진 것들입니다. 그러나 휴이넘들은 천성적으로 화합하는 마음과 지혜를 갖추고 있소. 그래서 독립된 나라지만 큰 사건은 일어나지 않지요. 나라에는 병이 없으므로 의사도 필요 없고, 이따금 다치는 일이 있어도 좋은 약초가 있어서 금방 낫습니다. 휴이넘은 해와 달을 보고 일 년이 바뀌는 것을 알지만, 인간들처럼 날짜를 일 주일 단위로 나누지는 않습니다. 그래도 생활하는 데 전혀 불편하지 않습니다. 건물은 간소하고 장식이 없지만 더위나 추위에 끄떡없고, 40년이 지나면 뿌리가 약해 쓰러지는 나무가 있는데, 이 나무로 집을 짓습니다. 날카로운 돌로 나무를 다듬어 땅에 박는데, 이는 쇠를 만드는 방법을 모르기 때문입니다. 뜻밖의 재난을 당하지 않는 한 휴이넘들은 늙어서 죽을 뿐입니다. 죽으면 되도록 눈에 띄지 않는 곳에 묻히지요. 하지만 가족과 친지들은 기뻐하거나 슬퍼하지 않습니다. 최초의 어머니에게로 돌아간다고 생각합니다. 보통 70~75세까지 사는데, 죽기 몇 주일 전 차츰 몸이 쇠약해지지만 아픔은 없습니다. 그럴 때면 야후가 끄는 썰매를 타고 이웃들에게 인사를 하러 다닙니다. 먼 나라로 여행을 떠나는 것처럼 말이오."

나는 이런 휴이넘들의 나라에서 주인의 도움으로 행복하게 살 수 있었다. 휴이넘들이 사는 집과 똑같은 집에서 잘 먹고 잘 자며 편안히 생활했다. 주인은 손님이 오면 함께 앉히고, 외출할 때도 데리고 나갔는데, 만나는 휴이넘들은 고상하고 품위가 있었다. 남을 헐뜯는 일은 한 번도 보지 못했다. 이들은 나에게도 다른 야후들과는 달리 정중하게 대했다.

나는 진심으로 휴이넘들을 사랑하게 되었으며, 나도 모르게 점점 그들을 닮아 가고 있었다. 평생 이곳에서 살기로 결심한 것도 그 이유에서였다.

그런데 어느 날, 주인이 뜻밖의 말을 했다. 지난번 대표 회의 때, 주인이 야후(나를 가리키는 말)에게 휴이넘처럼 대한 것이 크게 문제되었다는 것이다. 돌려보내지 않는다면 그 야후가 다른 야후들을 꾀어 낼 것이고, 울창한 산으로 갔다가 밤이 되면 가축을 습격할 거라는 얘기였다.

나는 하늘이 캄캄해지는 것 같았다. 얼마나 큰 충격을 받았는지 그 자리에서 쓰러지고 말았다. 그렇다고 해서 달라질 것은 없었다. 배를 만들 수 있는 두 달의 기간을 달라는 내 부탁을 들어 준 것만도 감사한 일이었다.

배를 다 만들고 떠나게 되자, 주인과 친구들이 바닷가로 배웅을 나왔다. 나는 눈물로 이들과 작별 인사를 했다.

이들도 나와 헤어지는 것을 몹시 안타까워하는 듯했다.

나는 사람이 살지 않는 작은 섬을 찾아갈 생각이었다. 혼자 새로운 삶을 개척하며 휴이넘들처럼 착하게 살아가고 싶었다. 그것이 유럽에 가서 대신이나 귀족이 되는 것보다 좋을 것 같았다. 아옹다옹 다투며 야후처럼 사는 사람들 사이에 끼여 생활한다는 것은 생각만 해도 소름이 끼치는 일이었다. 그러나 여기가 도대체 어디쯤인지를 알 수가 없었다. 해적들 때문이었다. 빼앗긴 배 안에 갇혀 말의 나라에 도착할 때까지 바깥을 볼 수 없었다. 나를 버리고 간 선원들이 주고받았던 말로 짐작해 보면 아프리카보다 훨씬 남쪽일 것 같았다. 그렇다면 동쪽이 오스트레일리아일 거라는 생각이 들었다.

커다란 배를 발견한 것은 나흘 뒤였다. 그러나 나는 망설였다. 야후 같은 사람들을 다시 만난다는 것은 너무 싫었기 때문이다.

다시 반대쪽으로 뱃머리를 돌렸다. 그러나 그만 선원들에게 들키고 말았다. 도망치려는 나를 억지로 붙잡고 선원들이 이것저것 물었다. 그러나 나는 대꾸하고 싶지 않았다. 기껏 구해 준 은혜에 고마워하기는커녕 제발 놓아 달라는 내가 이해할 수 없었겠지만, 나로서는 역겨울 뿐이었다. 더욱이 마지못해 내가 휴이넘에게 쫓겨난 야후라고 말하자, 이들은 한바탕 웃었다. 말투가 말의 울음 같았기 때문이다.

선장은 친절한 사람이었다. 리스본(포르투갈의 수도)에 데려다 줄 터이니 뱃삯 걱정은 하지 말고 편히 쉬라고 했다. 맛있는 음식도 내놓았다. 그러나 모처럼 맡는 사람 냄새는 역하고 메스꺼웠다. 선원들이 저녁 식사를 하는 틈을 타 도망친 것도 그래서였다. 바다로 뛰어들어 헤엄을 칠 작정이었지만, 나는 한 선원에게 들켜 다시 붙잡히고 말았다.

선장이 다시 나타나 부드럽게 말을 걸었다. 그러나 그는 내가 휴이넘과 살았던 지난 3년 동안의 이야기를 믿으려 하지 않았다. 몹시 불쾌했다. 진심을 의심하는 야후들의 기질을 선장 역시 갖고 있는 것 같았다. 내가 포르투갈 사람들은 남의 말을 믿지 않는 것이 관습이냐고 따졌더니 선장은 무안했는지 무엇이든 믿겠다고 대답했다. 다만, 리스본에 도착할 때까지 바다에

뛰어들지 않을 것을 약속해 달라고 요구했다. 고개를 끄덕일 수밖에 없었다.

항해하는 동안 나는 선장과 많은 이야기를 나눌 수 있었다. 그는 진심으로 내 말을 믿는 눈치였다. 하지만 나는 다른 선원들은 피해 방 안에만 틀어박혀 지냈다.

리스본에 도착한 것은 1715년 11월 5일이었다. 선장은 호기심 많은 사람들이 구경하러 몰려들지도 모른다며 외투를 입혀 주었다. 또 당분간 자기 집에서 지내자며 내 손목을 잡아끌었다.

나는 선장에게 맨 꼭대기의 구석방을 달라고 부탁했다. 그리고 야후들이 우루루 몰려드는 것이 싫으니 소문내지 말아 달라고 사정했다.

선장에게는 아내가 없었다. 다만 시중드는 하인 세 사람만 있을 뿐이었다. 그 하인들도 내 곁에 오지 못하게 했다.

선장은 내게 옷을 맞춰 주려고 했지만, 재단사 야후가 내 몸을 재는 게 싫었다. 결국 선장은 재단사에게 내 몸과 비슷한 자기 몸의 치수를 알려 주었다.

나는 야후들에 대한 두려움 때문에 방 안에 틀어박혀 꼼짝도 하지 않고 있었다. 일주일이 지나서야 겨우 선장과 함께 현관까지 나갈 수 있었다. 그 뒤 조금씩 '야후 기피증'이 나아져 나중에는 선장과 큰길도 걸어다닐 수 있게 되었다. 그러나 사람들의 냄새가 싫어 코를 막고 다녔다.

선장은 이런 나를 설득시키는 일이 쉽지 않다고 판단한 모양이었다. 리스본에 도착한 지 열흘이 지났을 때였다. 선장은 마침 영국으로 가는 배가 있으니, 무인도로 가겠다는 생각을 버리고 런던으로 돌아가라고 말했다.

1715년 11월 24일, 나는 영국 상선을 타고 리스본을 떠났다. 그러나 이 배 안에서도 몸이 불편하다는 핑계로 선실에만 틀어박혀 지냈다.

배는 12월 5일 오전 9시, 다운즈항에 닿았다. 죽은 줄 알았던 내가 돌아오자, 아내와 아이들은 기뻐서 어쩔 줄 몰랐다. 그러나 나는 가족에게조차 메스꺼움을 느껴야 했다.

그들과 가까운 혈연이라는 사실을 생각하면 할수록 그런 감정이 더욱 커지기만 했다는 것을 고백하지 않을 수가 없었다.

집에 온 지 일 년이 지났는데도 그 냄새가 싫어 가족과 함께 식사를 할 수 없었다. 5년이 지난 지금까지도 가족들은 내 음식에 손을 대거나 같은 잔으로 물을 마실 수 없다.

또 나는 아무도 내 손을 잡지 못하게 한 채 얘기하는 것이 훨씬 즐겁다. 비록 휴이넘들과는 다르지만 이들 역시 서로 사이가 좋다. 나는 마구간 냄새만 맡아도 기분이 좋아 하루 네 시간씩 그곳에서 지낸다.

나는 지금까지 16년 7개월을 항해로 보낸 사람이다. 이 여행기는 모두 그 항해 중에 겪은 사실을 그대로 적은 것이다. 이 글을 쓴 목적은 세상 사람들이 모두 휴이넘처럼 높은 덕을 갖춘, 사람다운 사람이 되기를 바라는 마음에서다. 그러므로 오만이라는 어리석은 악덕을 조금이라도 지닌 사람은 감히 내 앞에 모습을 나타내지 말기를 이 자리에서 간청하는 바이다. ❀

세계명작 시리즈와 함께 논리·논술 **Level Up!**

● **이해 능력 Level Up!**

1. 걸리버는 소인국에서 수면제 섞은 음식을 먹었기 때문에 잠들어 있었습니다. 그런 채로 실려가다 잠에서 깨어난 까닭은 무엇인가요?

　　1) 수레가 덜커덩거리며 너무 심하게 흔들렸기 때문에

　　2) 수레를 고치는 소리가 너무 크게 들렸기 때문에

　　3) 병사들이 큰 소리로 떠들었기 때문에

　　4) 병사가 창으로 콧구멍을 찔렀기 때문에

　　5) 수면제의 약 기운이 사라졌기 때문에

2. 다음 글을 읽고 소인국 왕의 성격을 바르게 설명한 것을 고르세요.

> 　사다리를 타고 내 몸 위로 올라와 구경하는 사람도 1만여 명이나 되었다. 이렇게 되자, 무질서하다고 생각했는지 왕은 시민들이 내게 다가오지 못하도록 명령했다. 어기면 사형을 시키겠다고 엄포를 놓기까지 했다. 왕은 왼발을 묶은 쇠사슬은 그냥 두고 나머지 부위의 밧줄은 풀어 주도록 지시했다.

　　1) 겁이 많은 성격이다.　　　2) 욕심이 많다.

　　3) 엄격한 성격이다.　　　　4) 괴팍하다.

　　5) 덜렁댄다.

3. 소인국의 검사관은 걸리버의 소지품을 조사한 뒤, 그 내용을 왕에게
보고했습니다. 무엇을 얘기한 것인지 순서대로 쓴 답을 고르세요.

> 산 같은 사람의 외투 오른쪽 주머니에는 궁전을 덮을 수 있는 천이 있었습니다.
> 왼쪽 주머니에는 은으로 만든 큰 통이 들어 있는데 뚜껑을 열 수 없어서 그에게 부
> 탁했습니다. 그 안에는 먼지 같은 것이 무릎까지 차 있었습니다. 걸을 때마다 먼지
> 가 피어올라 기침을 해야 했습니다.
>
> 조끼 오른쪽 주머니에서는 겹겹이 희고 얇은 물건이 튼튼한 끈으로 묶여 있었습
> 니다. 크기는 세 사람을 합친 정도였으며, 기록되어 있는 글씨는 손바닥만 했습니
> 다. 왼쪽 주머니에는 한쪽에 끝이 뾰족한 막대기가 스무 개 꽂혀 있었습니다. 마치
> 궁전 앞의 철기둥 같았습니다. 그것으로 머리를 빗는 것이 아닌가 생각됩니다.
>
> 외투 오른쪽 주머니에는 커다란 나무 조각에 쇠기둥이 붙어 있는 이상한 물건이
> 들어 있었습니다. 쇠기둥의 속은 텅 비어 있고, 기둥 바깥쪽 끝에는 커다란 쇳조각
> 이 솟아 있었습니다. 왼쪽 주머니에도 같은 물건이 들어 있었습니다. 오른쪽 작은
> 주머니에는 둥글고 평평한 쇳조각이 있었는데 크기가 각각 달랐습니다. 하얗게 보
> 이는 것은 은 같고, 노랗게 보이는 것은 구리 같았습니다. 그런데 너무 무거워서 들
> 수가 없었습니다.
>
> 왼쪽 작은 주머니에는 두 개의 기둥이 있었습니다. 하나는 덮개가 씌워져 있고
> 조각이 되어 있었습니다. 다른 하나에는 커다란 철판이 들어 있는데, 위험한 물건
> 일지 몰라 산 같은 사람에게 보여 달라고 했습니다. 그는 그 철판들을 꺼내면서 하
> 나로는 면도를 하고, 다른 하나로는 고기를 자른다고 했습니다. 다른 두 개의 주머
> 니는 눌려 있어서 들어가 보지 못했습니다.

1) 손수건, 가루약 통, 주소록, 망원경, 거울, 시계, 크고 작은 구슬
2) 손수건, 가루약 통, 일기장, 빗, 권총, 동전, 면도칼
3) 보자기, 가루약 통, 주소록, 망원경, 동전, 나침반, 크고 작은 구슬
4) 보자기, 담뱃갑, 일기장, 권총, 거울, 나침반, 총알과 화약
5) 손수건, 가루약 통, 일기장, 망원경, 동전, 나침반, 총알과 화약

4. 릴리퍼트 왕비의 궁전에서 일어난 불을 걸리버는 무엇으로 껐나요?

1) 릴리퍼트 왕국의 냇물

2) 릴리퍼트 왕국의 우물물

3) 자기의 오줌

4) 마시고 남은 포도주

5) 왕비의 궁전에 비치해 둔 소화기

5. 다음 글을 읽고 주인공 걸리버에 대해 바르게 표현한 것을 고르세요.

> 나는 화가 치밀었다. 릴리퍼트를 모조리 짓밟아 버릴까 하는 생각마저 들었다. 이미 자유로운 몸이 되었으므로 수천만 명이 덤빈다고 해도 무서울 것은 없었다. 커다란 돌들을 집어던지면 순식간에 도시가 파괴될 것이었다. 그러나 왕에게 한 맹세와 이들이 나를 구해 주고 지금껏 보살펴 주었다는 생각이 나 계획을 포기했다.

1) 무척 급한 성격이다.

2) 은혜를 아는 사람이다.

3) 생각보다 행동이 앞서는 사람이다.

4) 욕심 많은 성격이다.

5) 포악한 사람이다.

6. '어드벤처호' 선원들이 물을 찾으러 육지에 갔다가, 다른 곳에 떨어져 있던 걸리버를 태우지도 않은 채 쏜살같이 돌아간 이유는 무엇이었나요?

1) 평소에 걸리버를 미워하고 있었으므로

2) 본선으로부터 급히 돌아오라는 명령을 받았으므로

3) 걸리버가 다른 곳에 떨어져 있다는 것을 깜빡 잊었으므로

4) 갑자기 본선이 보이지 않아 급하게 쫓아가야 했으므로

5) 커다란 거인이 따라와 위험하게 됐으므로

7. 거인국의 학자들은 하나같이 걸리버가 자연의 법칙에 따라 생긴 생물이 아니라고 말했습니다. 다음 중 그렇게 생각한 이유가 아닌 것을 고르세요.

    1) 헤엄을 칠 줄 모른다.
    2) 재빨리 움직이지 못한다.
    3) 나무에 잘 오를 수 없다.
    4) 땅에 구멍을 팔 수 있는 몸이 아니다.
    5) 어머니 뱃속에서 충분히 자라지 못한 채 태어났다.

8. 다음 글을 읽고 블레퍼스크 사람들이 그런 태도를 보인 이유를 골라 보세요.

 블레퍼스크 사람들은 마치 외국의 왕을 맞이하는 것처럼 나를 열렬히 환영했다. 신분이 높은 대신들도 여러 명 나와 있었다. 나는 그들의 안내에 따라 도심으로 갔는데, 그곳에는 왕과 왕비, 왕자와 공주, 그리고 대신들이 마중을 나와 있었다. 이들은 내가 군함을 빼앗은 장본인이라는 것도 잊은 듯 반가워했다. 오히려 내가 미안해 어찌할 바를 모를 정도였다.

    1) 블레퍼스크에 이익을 줄 수 있는 사람이라고 생각했기 때문에
    2) 걸리버가 블레퍼스크에 와서 사람들에게 칭찬받을 만큼 착한 일을 많이 했기 때문에
    3) 걸리버가 난폭하게 행동했기 때문에
    4) 왕의 명령 때문에
    5) 걸리버가 그렇게 해 달라고 했기 때문에

9. 걸리버가 거인국을 떠나고 싶어 한 가장 큰 이유는 무엇이었나요?

　　1) 월급이나 연금이 없었기 때문에

　　2) 왕이나 왕비 등이 벌레나 장난감처럼 취급했기 때문에

　　3) 새장 속의 새처럼 살고 싶지 않았기 때문에

　　4) 왕과 의견이 달랐기 때문에

　　5) 위험한 일들이 계속 벌어졌기 때문에

10. 아래 문장은 릴리퍼트 왕국의 생활을 나타낸 내용의 일부입니다. 작가가
　　무엇을 얘기하고 있는지 가장 정확하게 나타낸 것을 고르세요.

　　릴리퍼트에서는 사람이 죽으면 머리를 아래쪽으로 가게 거꾸로 묻는다. 그 이
유는 11,000개월이 지나면 죽은 사람이 다시 살아난다고 믿기 때문이다. 그때가
되면 지구가(이 나라 학자들은 지구가 평평한 것으로 알고 있다.) 거꾸로 뒤집히므로 죽
은 사람이 살아날 때는 똑바로 서 있게 된다는 것이다. 남을 속인 것은 도둑질보
다 더 큰 죄다. 도둑이 드는 것은 조심하면 막을 수 있다. 그러나 정직한 사람은
정신을 바짝 차려도 교활한 사람에게 속기 쉽다. 그래서 도둑질한 죄보다 사기
죄의 형벌이 더 무겁다. 사기죄를 지은 사람은 고자질한 죄와 마찬가지로 사형
에 처해진다. 특이하게도 이 나라의 부모들은 자식 교육을 책임지지 않는다.
　　20개월이 된 아이는 학교에 가야 하는데, 신분이나 성별에 따라 학교가 다르
다. 너댓 살이 되면 스스로 옷을 입어야 하는데, 치장은 할 수 없다. 부모는 일
년에 두 번, 두 시간 동안만 자녀를 만날 수 있다. 이때 부모는 장난감이나 과자
등의 선물을 가지고 갈 수 없다.

---

　　1) 죽은 사람을 묻는 풍속과 이유, 도둑질보다 사기죄가 더 형벌이 무
　　　거운 이유와 형량, 자식 교육을 책임지지 않는 부모들의 행동

　　2) 죽은 사람을 묻는 풍속과 이유, 도둑질보다 사기죄가 더 형벌이
　　　무거운 이유와 형량, 어릴 때부터 자립심과 검소함을 길러 주는
　　　풍습과 제도

3) 죽은 사람을 묻는 풍속과 희망, 도둑질보다 사기죄가 더 형벌이 무거운 이유와 형량, 자식 교육을 책임지지 않는 부모들의 행동

4) 죽은 사람을 묻는 풍속과 희망, 도둑질보다 사기죄가 더 형벌이 무거운 이유와 형량, 어릴 때부터 자립심과 검소함을 길러 주는 풍습과 제도

5) 죽은 사람을 묻는 풍속과 이유와 희망, 도둑질보다 사기죄가 더 형벌이 무거운 이유와 형량, 자식 교육을 책임지지 않는 부모들의 행동과 엄격한 학교 규칙

11. '하늘을 나는 섬나라' 사람들의 특징이 아닌 것은 다음 중 무엇일까요?

1) 머리가 왼쪽이 아니면 오른쪽으로 기울어져 있다.

2) 한쪽 눈은 아래에 있고 다른 쪽 눈은 위로 향해 있다.

3) 해, 달, 별 등의 그림과 악기들이 수놓아진 옷을 입고 있다.

4) 엉뚱한 상상이나 공상, 발명하기를 좋아한다.

5) 돈 많은 사람들은 머리를 두드려 주는 사람을 하인으로 거느리고 있다.

12. 다음 글에서 얻을 수 있는 교훈은 무엇인가요?

> 도시 곳곳에 세워진 대학에서는 여러 가지 연구를 했다. 열 사람이 하는 일을 혼자서 할 수 있는 도구를 제작하고, 일주일 안에 궁궐을 지을 수 있는 방법, 언제든지 원할 때는 과일이 지금보다 백 배나 더 많이 열리게 하는 방법 등을 연구했다. 그러나 아직까지 완성된 것은 없고, 연구를 하는 동안 나라 경제가 매우 나빠졌다고 한다.

1) 공부를 많이 해야 나라가 발전한다.

2) 언제나 연구하는 것이 도움이 된다.

3) 학교를 많이 지어야 경제가 좋아진다.

4) 머리가 좋은 사람이 많아야 나라가 발전한다.

5) 이론에만 집착하는 것보다는 실제로 적용하는 것이 중요하다.

13. '하늘을 나는 섬나라'의 왕은 땅 위의 어떤 도시가 반역을 하거나 말을 듣지 않으면 벌을 주었습니다. 방법이 아닌 것은 무엇일까요?

1) 섬을 도시 위로 옮겨 햇빛을 가린다.

2) 섬을 도시 위로 옮겨 비를 맞을 수 없게 한다.

3) 섬에서 바위를 굴려 도시에 떨어뜨린다.

4) 섬 자체로 도시를 들이받는다.

5) 섬에서 낙하산을 보내 주모자를 잡아들이거나 죽인다.

14. '하늘을 나는 섬나라'의 수도 '래가도'에 있는 연구소에서는 학자들이 여러 가지 연구를 하고 있었습니다. 다음 중 이들의 연구 분야가 아닌 것을 고르세요.

1) 오이에서 햇빛을 빼내는 연구, 똥을 원래의 음식으로 되돌려 놓는 연구

2) 손으로 만지는 느낌과 냄새로 색깔을 알아 내는 연구, 지붕부터 차차 아래로 내려와 기초를 만드는 건축 기술 연구

3) 돼지로 밭을 가는 연구, 공기를 압축해서 그것을 손으로 만질 수 있는 연구

4) 거미를 이용해 실을 만드는 연구, 비행기나 날개 같은 보조물을 이용하지 않고도 사람이 하늘을 마음대로 날 수 있게 하는 연구

5) 명사만 남겨 두고 다른 말은 없애는 연구, 약용 잉크를 바른 과자를 먹여 두뇌에 수학 지식이 저장되게 하는 연구

15. '럭낵'의 왕을 만날 때 치르는 의식이 아닌 것은 무엇일까요?

　1) 배를 마룻바닥에 대고 기어가면서 마루를 핥아야 한다.

　2) 외국인은 '배를 마룻바닥에 대고 기어가면서 마루 핥기' 규정을 따르지 않아도 된다.

　3) 왕의 정치에 반대하는 사람에게는 마루에 오물을 뿌려 둔다.

　4) 입에 오물이 들어가도 침을 뱉거나 입을 씻을 수는 없다.

　5) 왕이 죽이고 싶은 귀족이 있으면 마루에 독을 발라 놓는다.

16. 다음 중 '스트럴드블럭(죽지 않는 사람)'에 대해 잘못 설명한 것을 고르세요.

　1) 궁중에도 몇 명의 스트럴드블럭이 있다.

　2) 혈통과는 상관 없이 우연히 생기며, 스트럴드블럭 사이에서 태어난 자녀라도 보통 사람처럼 죽음을 맞는다.

　3) 스트럴드블럭도 늙는다.

　4) 일반인과 결혼하면 60세에 헤어져야 하고, 80세가 넘으면 죽은 사람으로 취급된다.

　5) 80세가 되면 이익을 남기기 위한 어떤 것도 할 수 없다. 증인도 될 수 없다.

17. 다음은 휴이넘이 야후에 대해 한 말입니다. 이 글을 읽고 야후가 어떤 존재라는 생각이 드는지 골라 보세요.

"야후들은 빛나는 돌을 무척 좋아합니다. 이 돌을 발견하면 며칠 동안 쉬지 않고 발톱으로 파내어 집에 무더기로 쌓아 놓습니다. 그러고는 누가 빼앗아 갈까 봐 살이 빠질 정도로 걱정합니다. 언젠가 그 돌을 몰래 숨긴 일이 있었습니다. 그랬더니 야후들은 가족끼리 물어뜯으며 소란을 피웠습니다. 나중에는 아무것도 먹지 않고, 자지 않고, 일도 하지 않았습니다. 다시 돌을 제자리에 놓았더니 금세 기운이 되살아났지요. 빛나는 돌이 많은 곳에서는 야후들의 싸움이 그치지 않습니다. 서로 다투고 있으면 다른 야후가 그 틈을 타 빼앗아 가는 일도 흔합니다."

1) 무척 힘이 세다.　　　　　　2) 걱정이 많다.

3) 욕심이 많고 포악하다.　　　　4) 성실하다.

5) 부자가 되기 위해 열심히 일한다.

18. 커다란 배에서 구해 주었는데도 왜 걸리버는 선원들을 피하기만 했나요?

　　1) 선원들이 해적이었으므로

　　2) 자꾸 귀찮게 말을 시켰으므로

　　3) 야후 같은 인간들이 싫었으므로

　　4) 말투가 말의 울음소리 같다고 계속 놀릴 것 같았으므로

　　5) 몸이 불편했으므로

● 논리 능력 Level Up!

1. 다음 글 중 밑줄 친 말의 뜻은 무엇일까요?

"이웃 나라보다 다른 나라 사람이 더 너그럽다는 것이 마음 아플 뿐입니다."

엉겁결에 내뱉은 말이었다. 내가 생각해도 참 바보 같은 말이었다. 아니나 다를까, 내 말을 엿들은 네덜란드 해적은 나를 즉시 바다에 처넣으라고 악을 썼다. 일본인 선장이 나서서 말렸으나, 결국 나는 조그만 배에 실려 쫓겨나는 벌을 받아야 했다. 하지만 그것은 그 자리에서 죽게 되는 것보다 더 심한 벌일 수도 있었다.

2. 걸리버가 거인국에서 만난 주인에게 화가 난 이유는 무엇이었나요?

3. 아래 문장에서 주인은 누구를 말하는 것일까요?

> 방에는 세 마리의 망아지와 두 마리의 암말이 있었다. 몇 마리는 사람처럼 엉덩이를 바닥에 대고 앉아 있었고, 나머지 말들은 집안일을 하고 있었다. 나는 가축에 지나지 않는 말들을 이렇게 잘 교육시킨 사람이 누구인지 무척 궁금했다. 이 방 건너편에는 방이 세 개 더 있었다. 마지막 방에 가기 위해서는 이 세 개의 방을 지나가야 했다. 두 번째 방을 지나 막 세 번째 방으로 다가갈 때 잿빛 말이 잠시 기다리라는 신호를 보냈다.
>
> 나는 두 번째 방에서 주인을 기다리며 그에게 줄 선물을 준비했다. 그러는 동안 다른 말이 울부짖는 소리가 서너 번 들렸다. 잿빛 말보다 조금 더 날카로운 소리였다. 나는 이처럼 만나는 절차에 시간이 걸리는 것을 보고 주인이 꽤 높은 사람일 것이라고 생각했다. 그러나 그런 사람이 말을 하인처럼 거느리며 산다는 것은 이해하기 어려웠다.

4. 다음은 거인국에서 빠져나와 집에 돌아온 뒤에 걸리버가 한 행동입니다. 이런 행동을 한 까닭은 무엇일까요? 또 밑줄 친 말의 뜻은 무엇일까요?

> 집에 도착하자 하인인 듯한 사람이 문을 열어 주었다. 나는 머리가 부딪칠까 봐 고개를 숙였다. 아내가 안으려 할 때는 무릎보다 더 낮게 머리를 숙였다. 집에 와서도 거인국에서처럼 행동했던 것이다. 습관이나 편견이란 이처럼 무서운 것이다.

5. 집에 찾아온 늙은 말과 이야기를 주고받던 잿빛 말이 장갑을 낀 걸리버를 보고 당황하면서 얼른 발굽을 장갑에 갖다 대었습니다. 걸리버는 얼른 장갑을 벗어 주머니에 넣었습니다. 왜 그랬을까요?

● 논술 능력 Level Up!

1. 밧줄에 칭칭 감겨 있던 걸리버는 몸부림치면서 왼팔을 묶은 줄을 끊고 말뚝도 뽑았습니다. 마음만 먹으면 소인국 병사들이 무수히 쏘는 화살을 피할 수도 있었고, 한꺼번에 군대를 몰고 와도 겁날 것이 없었습니다. 그러나 걸리버는 그렇게 하지 않았습니다. 나 같았으면 그때 어떻게 행동했을까, 그랬다면 어떤 결과가 나타났을까를 걸리버와 비교해 써 보세요.

2. 다음 글을 읽고 다른 사람이 보면 별것 아닌 일인데 자신에게는 중요한 일이라 속상했던 경우는 어떤 것이 있는지 적어 보세요.

"구두 굽의 높이를 두고 슬라메크산과 트라메크산이라는 두 당이 70개월째 싸우고 있습니다. 그 전까지는 안 그랬는데, 현재의 왕이 왕위에 오르면서 달라졌습니다. 왕은 낮은 구두 굽을 애용하는 슬라메크산 파만 관리로 채용했던 것입니다. 그러나 트라메크산 파의 세력이 커 무시할 수 없습니다. 심지어 왕자의 구두는 굽 높이가 서로 다릅니다. 그래서 걸을 때마다 절름거리지요."

3. 소인국의 대신들은 '산 같은 사람'인 걸리버의 처리 문제를 두고 의
   견이 서로 달랐습니다. 이렇게 의견이 팽팽하게 맞서 있을 때, 내가
   만약 소인국의 왕이라면, 어떤 결정을 내릴지 적어 보세요.

   _____

   _____

   _____

4. 내가 만약 소인국 사람처럼 작은데, 걸리버처럼 잠들어 있는 거인을
   만났다면 어떻게 했을까요? 『걸리버 여행기』를 참고하되 그와는 다
   른 각도에서 적어 보세요.

   _____

   _____

   _____

5. 내가 어느 날 갑자기 소인국에 떨어졌다면 그 나라를 위해 어떤 일
   을 할 수 있을까요? 평소에 잘하고 다니는 스타일과 차림, 갖고 다
   니는 물건들을 기준으로 『걸리버 여행기』처럼 써 보세요.

   _____

   _____

   _____

6. 릴리퍼트 왕은 걸리버가 적국의 군함 50척을 한꺼번에 끌고 돌아오자 최고의 귀족 칭호를 주고, 적국의 나머지 군함도 모두 **빼앗아** 올 것을 요구했습니다. 그러나 걸리버는 왕의 말을 듣지 않았습니다. 이런 경우, 내가 릴리퍼트 왕이라면 어떻게 했을까요? 또 그 이유는 무엇인가요?

7. 다음 글을 읽고, 우리가 사는 세상에서도 이와 비슷한 경우가 있는지 예를 들어 보고, 그런 점에 대해 나는 어떻게 생각하는지 얘기해 보세요. 또, 그 반대 경우도 함께 생각하고 적어 보세요.

> 난쟁이의 키는 10미터쯤으로, 거인국에서는 보기 드물게 작았다. 그런 그가 자기보다 훨씬 작은 생물이 나타나자 거만해졌던 것이다. 내가 왕비나 귀족들과 얘기를 하고 있으면 일부러 몸을 **빳빳이** 세우고 걸었다.

8. '산 같은 사람'인 걸리버가 적국의 사신들과 만나 이야기를 나누고, 그 나라에 보내 달라고 할 때, 내가 릴리퍼트 왕이라면 기분이 어땠을까요? 또 그 문제를 어떻게 처리했을까요?

9. 다음 글을 읽고 상대가 싫어하는 줄도 모르고 억지로 강요했던 적은 없는지, 있다면 그 예를 들고 상대의 심정이 어땠을까 적어 보세요.

　　원숭이는 지붕 꼭대기에 앉아 먹을 것을 내 입속에 밀어 넣었다. 역겹기 짝이 없었다. 먹지 않으려고 고개를 돌리자, 원숭이는 달래듯 나를 쓰다듬어 주었다. 이를 보던 사람들이 웃음을 터뜨렸다. 나는 죽을 지경인데, 구경꾼들에게는 우스워 보였던 모양이다.

10. 다음은 하늘을 나는 섬나라 학자의 주장입니다. 글을 읽고 만약 그 학자의 말대로 하면 어떤 문제가 생길지 생각해 보세요.

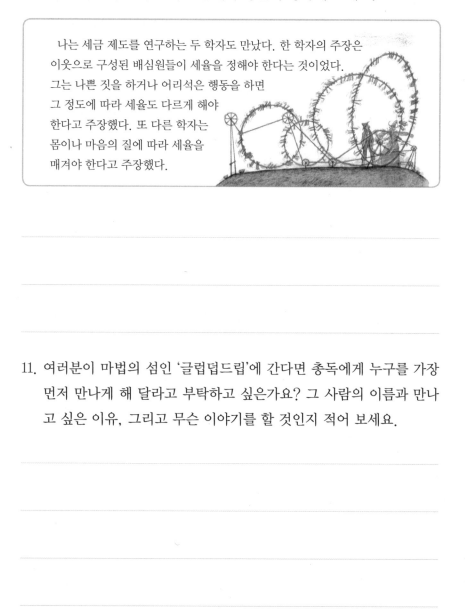

나는 세금 제도를 연구하는 두 학자도 만났다. 한 학자의 주장은 이웃으로 구성된 배심원들이 세율을 정해야 한다는 것이었다. 그는 나쁜 짓을 하거나 어리석은 행동을 하면 그 정도에 따라 세율도 다르게 해야 한다고 주장했다. 또 다른 학자는 몸이나 마음의 질에 따라 세율을 매겨야 한다고 주장했다.

11. 여러분이 마법의 섬인 '글럽덥드럽'에 간다면 총독에게 누구를 가장 먼저 만나게 해 달라고 부탁하고 싶은가요? 그 사람의 이름과 만나고 싶은 이유, 그리고 무슨 이야기를 할 것인지 적어 보세요.

12. 걸리버는 여행을 너무 좋아해 몇 번씩이나 집을 떠나 있었습니다. 만약 내가 결혼한 뒤, 남편이나 아내가 걸리버처럼 여행을 너무 좋아해 혼자 집을 떠나 오래도록 돌아오지 않는다면 어떤 생각이 들고, 어떻게 할까요?

13. 걸리버는 여러 이상한 곳을 여행했지만 유독 떠나고 싶지 않은 나라가 말의 나라였습니다. 어째서 걸리버가 그런 생각을 갖게 되었는지, 우리가 사는 세상과 비교하여 적어 보세요. 또, 말의 나라에서는 자식이 둘 다 수컷이면 둘 다 암컷인 가족과 서로 바꾸기도 한다는데, 이 점에 대해서 어떻게 생각하는지 자신의 의견을 말해 보세요.

 풀이

이해 능력 Level Up!

1. 4)	2. 3)	3. 2)	4. 3)	5. 2)
6. 5)	7. 1)	8. 1)	9. 3)	10. 2)
11. 4)	12. 5)	13. 5)	14. 4)	15. 2)
16. 1)	17. 3)	18. 3)		

논리 능력 Level Up!

1. 바다에 버려지면 고생을 얼마나 할지, 어떻게 죽음을 당하게 될지 몰라 두려움을 느끼지만, 즉시 죽으면 그런 고생이나 고통이 덜할 것이라는 생각 때문이었다.

2. 그가 돈을 벌기 위해 걸리버를 실컷 부려먹었으면서도 왕실에 팔아넘기면서 오히려 자기 덕인 줄 알라며 뻔뻔한 태도를 보였기 때문이다.

3. 말들을 교육시켜 하인처럼 거느리고 사는, 꽤 신분이 높을 것 같은 사람

4. 오랫동안 거인국에 머물면서 그곳에서의 행동이 몸에 배어 자신도 모르게 그런 행동을 하게 되었기 때문이었다. 습관이나 편견이 무섭다는 것은 한번 몸에 밴 습관이나 머릿속에 박힌 잘못된 생각을 고치기는 무척 힘이 든다는 뜻이다.

5. 손님 앞에서, 혹은 어른 앞에서, 또는 실내나 식탁 앞에서 장갑을 끼는 것은 실례라고 생각했기 때문이다.

논술 능력 Level Up!

1. 예시 : 눈에 작은 티만 들어가도 눈물이 나오고 짜증이 나는 법이다. 내가 걸리버였다면 아무리 작은 소인국 사람들의 공격일지라도 틀림없이 화가 났을 것이다. 그러나 화가 난다고 해서 당장 소인국 사람들을 때려눕히지는 않았을 것이다. 그들이 나를 해칠 뜻이 없다는 걸 알았기 때문이다. 어차피 그곳에 머물러야만 하는데 그들한테 잘못 보인다면 먹을 것이며 입을 것, 잠잘 곳 등을 구할 수가 없을 것이다. 따라서 차분하게 대화로 풀어 나가겠다.

2. 예시 : 내게는 좋아하는 연예인이 한 명 있다. 방에 틀어박혀 그 연예인을 생각하며 편지를 쓰고 그가 부른 노래를 듣고 그에게 보낼 선물을 포장했다. 내게 그 연예인은 무엇보다 소중했다. 어느 날 그 연예인이 다쳤다는 소식에 나도 마음이 아파 울었다. 그러나 부모님과 언니는 나를 비웃기만 했다. 그가 너를 알기나 하겠느냐, 그 편지를 읽어 보기나 할 것 같냐는 등 코웃음을 치며 나를 우스운 아이 취급했다. 내게는 무엇보다 소중한 일을 그처럼 가볍게 생각하는 것이 무척 속상했다.

3. 예시 : 실제로 산 같은 사람에게 드는 비용이 만만치 않았을 것이다. 그러나 그가 나쁜 사람은 아니라는 것을 알았으므로 죽이는 건 옳지 않다. 따라서 그에게 드는 비용만큼 일을 시키겠다. 작은 사람이 하기엔 어려워도 몸집이 큰 사람이라면 쉽게 할 수 있는 일들을 찾아 시킬 것이다. 즉 공짜로 먹이고 입혀 주는 것이 아니라 당당히 임금을 받고 일할 수 있도록 하겠다.

4. 예시 : 음식에 수면제를 섞어 재우고 밧줄로 꽁꽁 묶는 것은 300년 전의 이야기다. 지금은 인터넷 시대다. 먼저 컴퓨터를 켠 뒤 걸리버의 인

상 착의를 적어 그가 어디서 온 누구인지 알아내겠다. 그런 다음 그의 본국과 협상해 좋은 조건으로 본국으로 돌려보내겠다.

5. 예시 : 내 주머니에는 손난로가 있었다. 나는 그것으로 소인국 사람들에게 찜질방을 만들어 주었다. 따끈따끈한 손난로 위에서 소인국 사람들 수백명이 찜질을 했다. 친구들과 가지고 놀던 팽이는 소인국 사람들에게 훌륭한 탈것이 되었다. 팽이를 살살 돌려 주니 그 위에 올라탄 소인국 사람들이 놀이동산을 찾은 어린아이처럼 좋아했다.

6. 예시 1 : 걸리버가 말한 것처럼 진심으로 두 나라가 평화롭기를 바라고, 힘이 없어진 나라를 공격하는 것은 대국이 할 일이 아니라고 생각해 그 정도에서 그쳤을 것이다.

예시 2 : 공격하고는 싶지만 걸리버가 돕지 않는 한 승리가 쉽지 않다고 판단해 포기했을 것이다. 어쩌면, 걸리버가 적국을 도울지도 모른다는 생각에서 전쟁을 망설였는지도 모른다.

예시 3 : 적국이 큰 타격을 입어 힘이 없어졌기 때문에 내친 김에 걸리버의 도움 없이 자체 군사력으로도 이길 수 있다고 판단해 전쟁을 일으켰을 것이다. 또한, 피해를 입은 나라가 복수를 할 것이므로 그것을 방지하기 위해 싹을 잘라 버린다는 차원에서라도 공격했을 것이다.

7. 예시 1 : 반에서 매번 꼴찌를 하던 친구가 딱 한 번은 꼴찌를 면했다. 그런데 그 친구가 꼴찌를 한 친구 앞에서 어지간히 잘난 척하며 으스댔다. 참 우스워 보였다.

예시 2 : 툭하면 아버지에게 혼나 형이 못난 줄 알고 함부로 대했는데, 알고 보니 선생님이 무척 아끼는 학생이었다. 그동안 형에게 함부로 대한 것이 부끄러웠다.

8. 예시: 그동안 먹여 주고 재워 준 정성을 이유로 어떻게 해서든지 설득해 못 가게 했을 것이다. 그래도 계속 가겠다고 하면 이미 마음이 돌아선 것이므로 편하게 놓아주겠다. 대신 그 나라와 우리나라 사이를 이어 주는 좋은 다리 역할을 해 달라는 약속을 하고 보낼 것이다.

9. 예시 : 짧은 손가락이 콤플렉스인 친구가 있었다. 그 친구는 무엇을 할 때 항상 손가락을 접는 버릇이 있었다. 어느 날 비밀을 안 아이 하나가 그 친구에게 짓궂은 요구를 했다. 손가락을 최대한 벌려 피아노 건반을 쳐 보라는 것이었다. 친구가 망설이자 계속 놀려 댔고, 다른 아이들까지 몰려와 결국 웃음바다가 되었다. 상처를 받은 친구는 마음의 병을 얻어 한참을 앓아누워야 했다. 장난삼아 던진 돌에 개구리가 맞아 죽는다는 말이 있다. 남의 약점을 건드리는 행동은 하지 말아야 한다. 그리고 내가 하기 싫은 건 남도 하기 싫어한다는 걸 항상 기억해야 한다.

10. 예시 : 이웃이 세율을 결정하게 되면 그들에게 잘 보이기 위해 마음가짐이나 몸가짐을 잘하려고 하는 좋은 면도 있겠지만, 반대로 그런 점에는 관심을 갖지 않고 그저 서로 짜고 세율을 낮추는 데만 초점을 맞출 수도 있다.

11. 예시 : 우리나라 대통령을 만나게 해 달라고 할 것이다. 대통령을 만나 교육 제도를 고쳐 줄 수는 없는지, 물가와 집값을 낮춰 우리 엄마 주름을 펴 줄 수는 없는지, 학원을 다니지 않으면 안 되는지 묻고 싶다. 공부가 아니라 다른 것으로도 얼마든지 훌륭해질 수 있는 사회로 만들어 달라고 부탁하고 싶다.

12. 예시 1 : 가족간에 가장 중요한 것은 서로를 믿는 마음이다. 집안의 가장을 존중한다는 뜻에서 어떤 일을 하든 무조건 믿음으로 이해하고 받아들였을 것이다.

예시 2 : 아내와 아이들이 있는데 집을 비우고 몇 년이고 돌아오지 않는 것은 무책임한 행동이다. 다른 사람은 생각지 않고 자기 하고 싶은 대로만 하는 것은 어른답지 못한 행동이다.

13. 예시 : 말의 나라에서 만난 휴이넘들은 모두 착할 뿐 아니라 기본적으로 우정과 사랑을 갖고 있고, 다른 휴이넘들도 제 가족처럼 똑같이 애정을 주고, 예의가 바르기도 한 말의 나라를 걸리버는 무척 사랑했다. 이에 비해 인간들이 사는 세상은 어떤가? 싸움과 전쟁이 끊이지 않고, 서로를 짓밟고 일어서려 하며 시기하고 질투하고 미워하고 헤어지는 일이 숱하다. 그런 인간 세상과 비교해 보니 말의 나라가 훨씬 살기 좋은 곳으로 여겨진 것이다. 자식을 서로 맞바꾸는 것은 납득하기 어렵다. 피를 나눈 형제나 자매 가운데 한 사람이 다른 집 식구가 되고, 다른 집 식구가 나의 형제나 자매가 된다면 현실적으로 많은 문제가 발생할 것이다. 차별을 하게 될 수도 있고, 성격 차이로 사사건건 부딪힐 수도 있기 때문이다.

초등학생이 꼭 읽어야 할 세계 명작 시리즈